The Knight of Wind
바람의 기사 아르 태온

[하르케니스]

HAKO

바람의 기사 아르테온

[거울속의 여인]

The Knight of Wind
아르 테온
바람의 기사

[아르테온 레올 카르테]

HAKO

the Knight of wind
바람의 기사 아르 태온

[엘크리안 마탑 소녀]

HAKO

The Knight of Wind

바람의 기사 아르티온

FANTASY FRONTIER SPIRIT

김광수 정통 판타지 소설

바람의 기사 아르테온 1

김광수 정통 판타지 소설

초판 1쇄 찍은 날 § 2011년 10월 26일
초판 1쇄 펴낸 날 § 2011년 11월 2일

지은이 § 김광수
펴낸이 § 서경석

편집부장 § 권태완
편집책임 § 어정원
편집 § 주소영

펴낸곳 § 도서출판 청어람
등록번호 § 제1081-1-89호
등록일자 § 1999. 5. 31
어람번호 § 제1-1285호

주소 § 경기도 부천시 원미구 심곡2동 163-2 서경B/D 3F (우) 420-822
전화 § 032-656-4452 팩스 § 032-656-4453
http://www.chungeoram.com
E-mail § chungeoram@chungeoram.com

ISBN 978-89-251-2669-2 04810
ISBN 978-89-251-2668-5 (세트)

1

김광수 정통 판타지 소설
FANTASY FRONTIER SPIRIT

아르 태온
바람의 기사

도서출판 청어람

ConTents

 아르테온을 시작하며……

사람에겐 원래 날개도 있었다. 손 말고… 날개.

하지만,

사람은 손이 아닌 날개로 무엇을 집기가 힘들었다.

신이 허락한 모든 것을 죄다 손에 쥐고 싶었지만 그럴 수 없었다.

날개에 감춰진 손은 조금만 움직여도 손 안 가득 무엇이든 취할 수가 있었지만 날개 때문에 많은 것을 잡을 수 없어 투정을 부렸다.

그 모양을 보고 신은 말했다.

너, 날개가 필요없구나. 손이 편하면 손만 두고 날개는 거두어야겠구나.

네.

사람은, 너무 많은 허락된 듯한 것들을 취하느라 제 날개가 없어진 줄도 몰랐다.
영영 그렇게 거두어 가버린 줄도 모르고… 세상의 모든 것을 손아귀에 쥐기 위해 노력했다.
취할 것을 다 취해보고 나니,
허전했다.
뭔가 빠진 듯, 뭔가 사라진 듯, 무언가가 끊임없이 그리운 듯,
어느 날 사람은 막연하게 날개를 갖고 싶어졌다.
본래 제게 그것이 있었던 줄도 까마득히 잊고
아주 막연하게… 나는 것들을, 그것이 부러워졌다.

하지만 가질 수가 없었다.

그럼 다시 신이 내 손을 거두어 가고…

날개를 줄 것 같아서.
선뜻,

네. 그렇게 하겠어요…….

대답할 수 없을 것 같았다.

하지만 날개가 있었을 것 같은 자리를 만져보았다.
팔을 돌려, 그 자릴 만져보았다.
영 돋을 것 같지 않는 날개의 자리.

손에 들었던 것들을 조금씩 내려놓고
내 몸과, 마음이 날개를 달고 날만큼 가벼워지면,
신은 아무런 조건없이 날개를 줄 것 같았다.

열심히,
손에 든 것들,
마음에 찬 것들,
내려놓다보면
잠든 순간, 조용하게 신은 내 날개가 있던 자리에…….

하얗고 빛나는 선한 날개를
되돌려 놓고 손을 어루만지며…….
나를 처음의 그 순수의 자리로 인도할 것 같았다.

그리고 오늘도,
난 날개가 있던 자리를 가끔 만져본다…….

글쟁이로서 많은 욕심은 없습니다.
그저 내 숨이 다하는 날까지 글을 통하여 같은 꿈을 꾸는
이들과 함께 여행을 할 수 있으면 그만입니다.
감사합니다.
이번 작품도 부족하지만 잘 부탁드리겠습니다.
제 없어진 날개가 다시 솟아오르는 그 날까지… 여러분
들과 함께할 것입니다.

낙엽 지는 파주 헤이리에서…….

Chapter 01
살아야 한다! 살아야 한다!

"테, 테온~ 아르테온~ 존경하는 나의 친구~ 이제 일어나야지~ 애들 다 몰려왔어~"

"키로로로로로로로로로!"

"키아오오오오~!"

아득하게 귓가에 들려오는 여러 잡음(?).

밤새 마신 덜 발효된 시금털털한 옥수수주가 뒷골을 당기며 바닥에 붙잡아두려 했다.

이제 지루하고 힘들었던 원정을 끝내고 완성된 대장성을 넘어 돌아가면 끝이었다.

다른 일보다 몇 배나 돈이 되었던 제국과의 계약.

돈만큼 피가 튀었고, 가문에서 쫓겨난 이후로 단 한 번도 허락한 적 없는 정신줄을 놓아버렸다.

발효되지 않는 야만인들의 옥수수주를 마시고 뻗어버릴 정도로.

"오오! 저 새끼, 진짜 빠르네! 벌써 성문을 넘고 있어!"

'성문?'

성문이라는 말에 아직 깨지 않는 몽롱하고 묵직한 둔통 속에서 본능적으로 위기감이 감지됐다.

처러럭.

따뜻하게 돌돌 말고 있던 에피온 가죽 망토를 급히 펼쳤다.

터덕.

벌떡 자리에서 일어나 몇 년간 생사고락을 함께한 가죽으로 손잡이가 감싸인 검을 집어 들었다.

찰캉찰캉.

키가 2대랑이 넘는 하프 엘프계의 탕아가 가느다란 은빛 사슬 갑옷과 망토를 흩날리며 기다란 장궁을 등 뒤로 멘 채 발코니로 걸어 나갔다.

그 무엇도 두려워하지 않는 전신 투르쿠의 전사처럼 당당한 동료 하르케니스.

‘무, 무슨 일이지?’

정신을 추스르며 기억을 더듬었다.

얼마 전까지 제국군 보급부대가 주둔했고, 과거 수백 년 동안 제국군에 의하여 사수되었던 지옥의 협곡에 자리 잡은 오팔르 요새.

내성과 외성이 구별될 정도로 요새는 제법 컸고, 마지막 저항군 역할을 하고 있던 용병들은 귀족들이 물러간 내성 중심 탑을 선점했다.

멀리 골짜기가 훤히 들여다보이는 명당자리.

평소에는 귀족들이나 기사들이 차를 마시던 이곳에서 며칠 동안 용병들은 사방에 오줌을 지리고 음식 뼈다귀를 던지며 개처럼 특유의 영역 표시를 해놓았다.

“하, 하르케니스, 무슨 일이야?”

오래된 고성이자 히모르 산맥 너머의 야만인들과 몬스터들로부터 북부 대륙을 보호하던 요새의 발코니 너머.

어제저녁까지 퍼붓던 눈발은 어디로 가고 하늘은 온통 새파랬다.

생사의 끝자락에서 피비린내 나는 전투가 끝나고 붉은 나뭇잎 사이로 스쳐지나갔던 지난 늦은 가을의 어느 날과 같은 창공의 빛깔.

“키오오오오오오!”

"키아, 키아우우우우!"

몇 달간 지겹게 들었던 야만족, 그중에서도 히모르 산맥 너머의 대지에서 가장 강력한 이루카카 부족 용사들의 거북한 외침이 귓가에 울려왔다.

"하하하하, 하하하! 이루카카족 똘마니들아~ 나 하르케니스가 여기 있다~! 용기 있는 놈들을 날 잡아봐라!"

"미, 미친!"

이루카카족이라는 말에 정신이 번쩍 들었다.

또라이 엘프 변태가 지금 사고를 치고 있었다.

생존 귀환 뒤에 찾아올 엄청난 금전적 보상.

반년 전 제국에서 쌓고 있는 마지막 대장성 공사의 완벽을 위하여 5,000이 넘는 용병과 제국 15군단의 3만 병력이 교란작전을 펼치려 히모르 산맥을 넘었다.

그리고 마지막 퇴각 명령이 내려올 때, 고작 2,000명이나 될까 한 이들이 히모르 산맥을 넘어 도망쳐 올 수 있었다.

야만인들과 몬스터들의 대지라 불리는 히모르 산맥 너머 서부 고원 대륙.

긴 겨울과 거친 바람이 지배하고 몬스터가 무리 지어 생존하는 사나운 자연 환경 속에서도 인간들이 살았다.

수백 개가 넘는 부족이 대륙 문명과 담을 쌓고 살아가는 히모르 산맥 너머의 인간들.

오르크와 서로의 살과 뼈를 나누며 무지막지한 전사로 탈바꿈되어 있었다.

그런 땅을 제국의 황제들은 원하였다.

더 이상 정복할 길 없는 대제국의 주인들은 황금 광산 말고는 별 보잘것없고 영양가 거의 없는 불모의 땅조차 지배하려 하였다.

300년 동안 대륙을 경영했던 대륙의 주인들은 더없는 영광을 원하였다.

그렇게 시작된 100년 전쟁.

한 번도 성공하지 못했다.

카로크안 제국이 자랑하는 마법이 각인된 미스릴 마법 무구로 무장한 제국 황실 근위기사단도, 더 이상 인간으로는 오를 길 없다는 7서클 대마법사들이 포함된 공포의 마법병단도, 정령들의 축복받은 친구라는 황실 정령탑의 상위 정령사들도, 적 앞에서 물러섬이 없다는 무적 제국 군단도 모두 패배하였다.

역사상 단 한 번, 서부 고원 대륙의 중앙을 흐르는 이모프 강을 건넌 자가 있었다.

호기롭게 20만 대군을 이끌고 떠났지만 얼마 지나지 않아 야만인들의 포로가 되었던 제국의 황태자.

그가 반년 만에 거지꼴로 제국으로 돌아와 외쳤다.

"그곳에는… 피에 미친 광전사들만 살고 있다. 결코 대륙 그 누구도 그들을 어찌할 수 없다. 설사 제국이라 할지라도!"

그 말을 남기고 황제와 귀족들 앞에서 기둥에 머리를 터뜨려 스스로 자결했다는 어느 이름 모를 황태자의 전설.

그 역사의 현장에 지금 내가 서 있었다.

처억!

장궁에 화살을 끼우는 미친 하프 엘프 놈.

사라락.

불어오는 바람에 허리까지 자라 있는 은빛 머리칼을 여신처럼 휘날리는 엘프 하르케니스.

띠링띠링.

장궁을 사용할 때마다 울리는 작은 구슬 같은 은빛 방울이 언제나처럼 맑게 울렸다.

"어……."

피이잉!

막을 사이도 없이 하프 엘프 용병의 화살이 공간을 갈랐다.

퍼억!

가죽 북이 터지는 굵고 강렬한(?) 파육음이 귓가에 들렸다.

"크아악!"

그리고 연달아 하늘에 울리는 인간의 고통에 찬 울부짖음.

"키루라라라라!"

"자, 잡아! 변태 엘프 놈이 저기 있다!"

"족장님의 원수다!"

기다렸다는 듯 친절하게 천지에 흩어지는 이루카카 전사들의 살벌한 목소리.

'망했다……'

본격적으로 산맥 너머로 진격하기 전에도 3년간 이곳에서 머물며 짭짤할 수익을 올렸다.

제국이라는 자존심을 걸고 시작한 길고 긴 전쟁.

벌집을 건드렸다.

조용히 서부 고원 대륙에 살고 있는 여러 강력한 부족들을 자극하였고, 제국이 공격하지 않아도 그들이 복수를 위하여 지옥의 협곡을 건너 제국 땅을 공격하였다.

멈추고 싶어도 멈출 수 없는 전쟁의 수레바퀴.

바다 건너 오베스 신성제국과 해적들이 세웠다는 올트르

해상 왕국, 동부 그란트 왕국도 감히 제국에 한 수 접어주 건만 일개 부족 연합들이 제국과 일전을 벌렸다.

결과는 길고 긴 소모전.

아니, 제국의 패전이라 불려도 할 말 없는 100년 전쟁.

작금에는 서부 고원 대륙의 정벌은 고사하고 본토의 안녕을 위하여 30년 전부터 대장성을 건설하였다.

그것도 히모르 산맥과 제국 본토에 상당한 완충지대를 설정하고 건설되는 서부 대장성.

전쟁과 대장성 덕분에 오늘의 내가 있을 수 있었다.

넘쳐 나는 오르크와 각종 몬스터들을 잡거나 서부 고원 대륙으로 출정하는 병사들과 계약을 맺고 떠나는 용병들로 서부 대장성은 언제나 사람들이 모였다.

그리고 필연적으로 사람들과 함께하는 엄청난 돈이 몰렸다.

대장성 공사에 딸린 인부들과 기술자, 마법사들과 정령사, 몬스터와 부족들과 전투를 치르는 계약 용병들과 방어 병력이 20만 단위가 넘어가는 장성 수호 병사들 때문에 언제나 물자가 넘쳐 나는 이곳.

일 년에 가용되는 재화와 물질이 황성을 제외하고는 대륙에서 가장 많이 유통된다는 말이 돌 정도였다.

"음하하하하하하하! 어서 오너라! 나 여기 있노라!"

그러나 오늘 내 파란만장하고 짧은 인생 역사의 종지부를 찍을 것 같았다.

당당하게 어깨를 펴고 뭐가 그리 좋은지 호탕한 광소를 터뜨리는 잡종 엘프 하르케니스.

하프 엘프답게 신이 내린 아름다움을 얼굴에 바르고 인간 특유의 거친 기운까지 소유한 못 말리는 잡종 엘프.

순수와 자연을 사랑한다는 엘프의 피를 이어받았건만 성격은 완전 개차반이었다.

하프 엘프지만 인간과 달리 300년 정도의 긴 세월을 살수 있었다.

그렇기에 언제나 입버릇처럼 외치는 하르케니스의 주장.

길고 긴 시간 동안 자신을 하프 엘프로 태어나게 만든 인간들에게 복수하기 위하여 널리 종족을(?) 퍼뜨릴 참이라는 야심찬 계획을 품고 살았다.

인간들과 달리 죽을 때까지 무한의 씨뿌리기 기술을 사용하여 인간 세상을 하프 엘프로 뒤덮어 버리겠다는 어마어마한 정복 계획을 세우고 있는 잡종 변태 엘프 하르케니스.

'저 새끼가 뒈지려면 혼자 뒈지지 왜 지랄이야!'

"야! 주뎅이 안 닥쳐! 네놈 눈에는 저 새끼들 안 보여!"

눈이 홱 돌아갔다.

서부 고원 대륙에서도 가장 강력한 전투력과 함께 불굴의 투지를 소유한 이루카카 부족.

가죽 털로 무장된 옷과 갑옷을 착용하고 있어도 한기가 뼈에 스며들 정도로 엄청난 추위건만, 상의를 탈의한 채 허리춤에 묶고 눈밭 위를 빠르게 달려오는 놈들.

최고의 적을 상대할 때 사용하는 이마의 세 줄기 빨간 줄무늬가 보였다.

마법사는 없어도 주술사가 만들어낸 묘약으로 평소보다 서너 배의 힘을 사용할 수 있는 이루카카 부족의 전사들.

겨우 나와 엘프 하나 잡겠다고 천여 명 정도의 전사가 외성을 넘어 물밀 듯이 내성 쪽으로 돌격해 왔다.

"나의 진실하고 신실한 친구~ 아르테온~"

언제나처럼 장난기 넘치는 은빛 파란 눈동자로 나를 부르는 변태 잡종 엘프.

"왜? 우리만 남은 거야? 다른 애들은 다 어디 갔어!!!"

덜 발효되었기에 용병들이 마시는 독주보다 더 독한 서부 대륙 부족들의 옥수수주.

독초라 불리는 이루카스 잎을 사용하기에 잘못 마시면 저승으로 갈 수 있다는 전설의 명주를 마시고 모든 기억이 끊겼다.

"존경하고 사랑하는 나의 신실한 친구여~ 정녕 기억이 나지 않는 것인가?"

엄청난 위기 속에서도 평소처럼 느글거리는 대사를 남발하는 하르케니스.

"존경이고 나발이고, 왜 너와 나만 남은 거냐고!"

남자인 내가 봐도 멋있는 상관과 떡대였다.

2데랑이 넘지만 날씬하면서도 묘하게 듬직한 체구, 미스릴 합금으로 만들어진 정교한 은빛 사슬 갑옷과 그 위를 덮고 있는 푸른 전투용 망토, 그리고 여인보다 더 윤기 나고 기다란 허리까지 내려오는 머리칼.

남자가 아니라면 당장 목숨 걸고 청혼하고 싶을 정도로 멋진 외모와 분위기였기에 저놈과 엮인 여인들이 스스로 옷고름을 푸는 걸 수없이 봐야 했다.

절대 무력이나 사술을 사용하지 않고 널리 하프 엘프의 씨를 뿌리는 성스러운 정복(?) 작업을 완성해 가는 하르케니스.

놈과 엮인 세월이 정확히 반년 전.

평소보다 세 배나 되는 엄청난 급료와 함께 획득한 모든 전리품의 권리를 인정하겠다는 제국의 용병 모집을 보고 놈이 나타났다.

그리고 제국군과 함께 시간 벌기용으로 투입된 용병들 사이에서 변태와 나는 나이와 종족을 초월하여 친구가 되었다.

처음 보는 날 향해 손을 대뜸 내밀어 친구하자며 말을 건네던 하르케니스.

실력있는 용병으로 보이는 하프 엘프의 매력적인 미소에 고개를 끄덕였다.

그렇게 시작된 악연.

참 질기고도 질겼다.

'몇 푼 더 벌겠다고 각종 정찰에 기습을 도맡아했지. 에휴.'

제국 군단 병사들과 함께했지만 대부분 대륙 남부에서 차출된 병사들이 대부분.

히모르 산맥과 지옥의 협곡에서 살아남은 용병들에 비하면 그들의 수준은 어린아이였다.

함께 딸려온 용병 중에서도 실력있는 자들은 1,000단위를 넘지 않았다.

그것도 대부분 포스를 다루는 자들은 용병단 소속이었기에 위험한 일을 자청하지 않았다.

그렇기에 돈에 눈먼 나와 하프 엘프 하르케니스, 그리고 용병단은 아니지만 행운의 여신의 축복자라 불리는 나를 믿고 따라온 수십 명의 용병이 어려운 일을 도맡았다.

"키오오오오오오오오!"

"카우우우! 카우우!"

몬스터도 아니건만 요란한 굉음을 내며 돌격해 오는 이루카카 전사들.

"꿀꺽."

생사의 기로에 서자 다리가 후들거렸다.

열세 살의 나이에 가문에서 쫓겨나다시피 버려진 이후로 처음 느껴지는 공포.

군단장이 내건 엄청난 포상금에 눈이 멀어 이루카카 족장을 잡으러 갔던 몇 달 전보다 더욱 참혹한 현장이었다.

"누구보다 용맹하고 신의를 아는 친구 아르케온~ 정녕 기억이 안 나는가?"

"무, 무슨 기억?"

술에 취해 기억이 단절된 놈이 무엇이 떠오르겠는가.

"지난밤 즐겁게 승리를 자축하며 술잔을 나눌 때 군단에서 날아온 퇴각 명령을 친구인 네가 거절하지 않았던가?"

"내, 내가??"

전혀 생각나지 않는 내용.

"그렇다. 퇴각 명령서가 내려왔건만 떠나자는 용병들에

게 검을 빼어 들고 내일 아침 이루카카 전사 100명의 목을 베고 전리품을 챙겨 떠난다고 뱉어냈던 호언장담이 생각나지 않는가?"

"캑!"

하르케니스의 물음에 숨이 콱 막혔다.

귀족 가문에 태어난 덕분에 포스를 어릴 적부터 다뤘지만 기사들에 비교해서 그리 뛰어나다 할 수는 없었다.

뛰어난 임기응변과 생존 본능, 용병들이 소유하지 못한 귀족가의 포스 호흡법과 검술 덕분에 열아홉 오늘까지 잡초처럼 버텼다.

"썅! 그럼 좀 말리지! 술 취한 놈 말을 그대로 믿어?"

"친구의 말을 믿지 못한다면 세상에서 무슨 말을 믿어야하는가? 더욱이 울면서 같이 떠나자던 용병들에게 포스가 담긴 검을 날리던 너의 패기를 난 존경하였다. 퇴각하는 와중에도 사나이로서 자존심을 버리지 않는 아르테온 너의 멋진 투기! 진정… 존경하지 않을 수 없었다!"

음유시인처럼 노래하듯 나를 칭찬하는 하르케니스.

'지랄, 오르크 옆구리 터지는 소리 하네.'

이루카카 종족 놈들이 엄청난 제국군을 상대로 수백 년간 버티고 승리할 수 있었던 이유가 무엇이던가.

마법사와 정령사는 없어도 나름대로의 포스 호흡법을 통

하여 육성된 기사급 전사들과 주술이라는 신비한 힘으로 사제들만큼이나 힘을 더해주는 주술사 때문이었다.

거기에 더하여 몬스터들과의 전투와 거친 환경에서 살아온 적응력은 어지간한 용병들은 고개를 못 들 정도였다.

그런 서부 고원 대륙의 전사들, 특히 가장 용맹한 이루카카 용사 100명을 어찌 홀로 죽일 수 있단 말인가.

지금도 약 처먹고 주술사의 주술에 힘입어 평소보다 몇 배나 더 강한 힘을 내는 용사 놈들.

팔이 잘리고 내장이 터져 나와도 고통을 느끼지 못하는 광전사급 용맹으로 무장한 놈들을 100명은 고사하고 한 명도 상대할 수 없었다.

떠억.

입이 벌려진 채 다물어지지 않았다.

지금껏 살아남기 위하여 버텼던 악착같은 세월이 한순간의 실수로 엉망진창이 될 순간.

'살아야 한다! 반드시 살아야 해!'

아버지가 돌아가신 후 가신들의 배신으로 거지꼴로 쫓겨났다.

어머니와 형제도 없으며 오로지 혈혈단신이었던 그때,

영지를 반강제적으로 흡수한 이웃 영지의 주인이자 먼

친척뻘인 하루칸트 백작의 웃음이 아직도 머리에서 떠나지 않았다.

살려줄 터이니 언제라도 실력을 갖추거든 찾아가라던 백작의 비웃음.

반드시 실력을 갖춰 영지로 돌아갈 참이다.

지금껏 모은 자금으로 제국 황실 기사학교에 입학하여 귀족이 될 자격을 얻고 제국 황실 근위기사가 되어 영지를 되찾을 생각이다.

'흐윽! 아버지…….'

눈물이 앞을 가리려 했다.

갑작스러운 병마로 돌아가시기 전 아무 말씀도 못하고 내 손을 잡고 뜨거운 눈물을 흘리며 가문의 안위를 걱정하던 아버지.

300년 전 대륙이 통일되기 직전까지 카로크안 제국군에 대항한 쌍둥이 반도의 이모스 왕국의 방패였던 자랑스러운 가문.

가문을 수호하는 바람의 정령수와 함께 수십만 제국군을 수만 명의 병사로 막아냈던 역전의 가문이 바로 카르테라는 이름으로 불렸던 나의 가문이었다.

제국군 전격대가 이탈루 산맥을 넘어 왕성을 포위만 하지 않았다면 지금까지도 왕국이 보전되었을 것이라는 전설을 내 가문은 간직하고 있었다.

"그런데… 표정을 보아하니 뜨거운 용맹은 보여줄 수 없을 것 같군. 기대했는데."

'기대? 이 미친 엘프 같으니라고!'

평소 내 실력을 잘 알고 있는 하르케니스.

실력이 넘쳐 나면 진작 제국 황실 기사학교에 입학할 것이지, 이곳에서 용병질을 하고 있지 않았을 것이다.

지금은 거의 유명무실해졌지만 능력 있는 자는 귀족과 기사로서 언제나 받아들이라는 카로크안 제국 초대 황제의 황명.

가문 대대로 전해 내려오는 포스 호흡법을 습득하고 있지만 일정 한계를 넘을 때마다 스승이나 아버지의 도움을 받지 못해 그리 강하지 않았다.

기껏해야 견습기사 수준의 포스를 소유하고 있을 뿐.

정식기사와 같은 포스는 습득하지 못했다.

"그럼 동료들에게 가슴 벅찬 친구였던 너의 마지막 모습을 전하며… 유품과 모든 권리를 넘겨받겠다."

"뭐, 뭐라고!"

발코니 끝에 서서 날 죽은 유령 취급하는 하르케니스.

"슈바르 소환!"

파아앗!

변태 하프 엘프의 청량한 일갈과 함께 놈의 머리 위로 모습을 드러내는 은빛 투명한 새 한 마리.

커다란 독수리를 닮은 아름다운 자태.

휘리리링.

활짝 날개를 펴자 푸른 바람 한 줄기가 주변을 휘돌았다.

'저, 정령수!'

정령사나 정령과 친화력이 높은 엘프들만이 소환할 수 있는 정령수.

수백, 수천, 수만 가지의 정령수 중에서 지금 눈에 보이는 하르케니스의 정령수가 제법 강한 축에 드는 놈임을 알고 있다.

말도 안 되는 정찰과 습격에서 슈바르라 불리는 은빛 독수리를 닮은 정령수 덕분에 위기를 벗어난 적이 한두 번이 아니었다.

터억.

정령수에 잠시 놀란 사이 하르케니스가 정령수 슈바르의 발목을 잡았다.

"……!!"

두 눈이 번쩍 떠졌다.

"그동안 즐거웠다. 나의 진실한 친구~ 널 위해 오늘 밤 술 한잔에 추억의 눈물을 섞어 마시리라!"

"이이… 이 변태 잡종 엘프 새끼야!!"

순간 튀어나온 진득한 욕들의 향연.

"아니, 멋진 하프 엘프계의 떠오르는 영웅 하르케니스~ 나도 데려가 줘!"

그것도 잠시.

어느새 정령수의 발목을 잡고 공중에 몸을 띄운 하르케니스에게 절박한 표정을 지으며 애원하였다.

"친구여, 미안하다. 내 정령수는… 안전 운행을 위해 1인용으로밖에 사용할 수 없다."

"……."

휘이이이이, 휘이이이이!

잡종 엘프가 정령수와 시원하게 떠나갔다.

쿠이이이이이이이이이~

뭐가 그리 좋은지 주인을 닮아 싸가지없는 울음을 토하는 정령수.

"내 저 새끼와 다시 상종하면 아르테온이 아니라 오르크온으로 이름을 바꿀 것이야!"

분노를 넘은 허탈감이 무기력하게 온몸을 뒤덮었다.

애꿎은 저주를 퍼부었지만 도망칠 방법이 없었다.

주변에 산이라도 있다면 능력을 발휘해 죽기 살기로 도망이라도 치겠지만 지금 눈에 보이는 장면은…….

"키오오오오오!"

"엘프 놈이 도망간다!"

"저기 엘프 친구 놈이 있다!"

"잡아라! 저 새끼는 놓치지 말라!"

"키로로로로로로로로로로!"

살기 젖은 이루카카 전사들의 커다란 함성이 사방에서 울려왔다.

어느새 외성을 지나 내성벽에 접근하고 있는 이루카카 용사들의 빠른 발걸음.

저항하는 자가 단 하나도 없기에 그들의 발걸음은 빠르고 경쾌했다.

"사, 살아야 해! 여기서 개죽음당할 수 없어! 변태 새끼에게 내 돈을 모두 넘겨줄 수 없어!"

용병들은 모두 힘없고 백없는 개인 사업자.

죽고 나면 대부분 계약자들이 입을 씻는 경우가 많기에 용병 길드에서 용병 사후 문제를 해결하고자 정책을 완성했다.

용병에게 유언을 받거나 마지막 모습을 본 자는 죽은 용병의 모든 권리를 소유하게 된다는 용병 길드 계약 천명.

제국이 안정화되었다지만 아직 대륙 곳곳은 몬스터들이

활동을 멈추지 않았다.

통일되기 전처럼 대규모로 준동하여 영지를 넘어 왕국의 운명까지 어지럽히지는 않았지만 인간이 침범할 수 없는 산맥 깊숙한 곳에서 몬스터들은 살아남았다.

그리고 힘이 약해진 영지나 마을들을 습격하여 자신들이 아직 죽지 않았음을 증명했다.

그렇기에 쓸 만한 기사나 병사가 드문 귀족이나 안전한 상품 이송을 원하는 상단, 개인적 여행이나 분쟁에는 용병들이 필요하였다.

불끈 손을 움켜쥐었다.

'하르케니스, 이 원수는 언젠가 갚아주마!'

사악한 상인들보다 더 돈을 밝히는 잡종 엘프.

내 죽음을 알리고 용병 길드에 보관되어 있는 제국 지급 급료와 군단을 따라왔던 전쟁상인들에게 맡겨져 있는 전리품을 빼앗으려 함이 분명했다.

'어떻게 이 위기를… 넘어간다.'

한 달 안에 돌아가지 않으면 엘프 차지가 될 것이기에 머리를 차갑게 식히며 방법을 찾았다.

사방에 1,000여 명이 넘는 이루카카 전사로 포위된, 도망갈 곳 없는 버려진 요새.

바람의 정령수나 마법사라도 있다면 날아가겠지만 남아

있는 무기는 들고 있는 검과 다리춤에 감춰진 단도, 검집 옆에 달린 작은 도끼 하나밖에 없었다.

"아! 맞아!"

그때 번쩍 머리를 스치고 지나가는 한 생각.

"혹시… 그곳이라면……."

며칠 전 서부 고원 대륙에 파견된 15군단과 용병들을 지원하던 보급부대와 일부 방어부대가 주둔하던 오팔르 요새.

그들이 물러가고 쫓아오던 이루카카와 여러 부족의 족장들에게 똥침 화살을 날려주고 돌아왔다.

그리고 혹시 돈 될 만한 물건이 남아 있나 찾다가 알게 된 내성 지하의 건물벽에 설치된 비밀 장치.

다른 용병들과 귀신같이 돈 냄새를 맡는 하르케니스 때문에 위치만 알아내었지 안으로 들어가지는 않았다.

언제 조용해지면 날 잡아서 확인하려 했던 비밀 벽.

요새 밖으로 나가는 비밀 문이 존재할지도 몰랐다.

타다다다닥!

급하게 발걸음을 옮겨 내성 지하로 달려갔다.

어느새 내성 벽을 넘고 있는 이루카카 전사들.

그들에게 잡히면 죽을 때까지 엉덩이가 화살로 벌집이 될 것이리라.

"으으……."

생각만 해도 끔찍한 상상.

내가 한 일이라고는 잡종 변태 엘프를 따라가서 놈이 화살을 날려 인간들의 엉덩이를 벌집 만드는 것을 구경한 죄밖에 없었다.

물론 가끔 떨어지는 짭짤할 빵가루가 있었지만 그건 모두 다 동업자 정신으로 충분히 배분되었다.

서부 고원 대륙에 거주하는 부족들은 다른 어떤 인간들보다 황금을 소중하게 여겼고, 전사 한 명을 잡을 때마다 한 달치 용병 일반 수입을 얻었다.

그렇기에 수당도 두둑하고 부수입도 올릴 수 있는 정찰을 도맡아서 했다.

용병들이라 하나 군단 소속이었기에 군율을 어기면 최고 참수형을 받았다.

하지만 모두가 꺼리는 정찰과 매복에 자원하면 마음껏 행동할 수 있었다.

"놈이 사라졌다! 반드시 잡아라!"

"키라라라라라!"

발코니에서 몸을 감추자 난리가 난 이루카카 전사들.

그도 그럴 것이 불과 얼마 전, 퇴각하기 직전 족장 목에 걸린 포상금을 노리고 나와 하르케니스는 족장의 엉덩이,

정확히 가운데에 화살을 쏘서 넣었다.

　동행한 제국군 수색기사가 보았기에 얻게 된 포상금.

　오늘 내 목을 화끈하게 졸랐다.

　'자비의 신이시여, 오늘 한 번만 살려주신다면… 앞으로 가끔씩은 착하게 살겠나이다!'

　온전하게 선하고 착하게 살 자신은 없었다.

　열세 살 어린 나이에 귀족가 철부지 도련님이 맞부딪쳐야 했던 거친 세상.

　유모가 챙겨준 몇 푼 안 되는 금화를 빼앗아가려던 농부의 심장에 처음으로 검을 쏘서 넣었다.

　살기 위해서, 살아남기 위해서 그리고 앞으로 살아가기 위하여 성자의 길을 걸을 수 없었다.

　그러나 신에게 받았던 은혜만큼 되돌려 주리라 마음먹었다.

　사실 신이라고 해서 나 하나에게 온전한 자비와 은혜를 베풀지 않았기에 그리 큰 기대는 하지 않았다.

　열아홉 나이에 깨달은 세상.

　오직 강한 자만이 법이고 진리였다.

Chapter 02
거울 속의 여인

스윽, 스윽, 스르륵.

능숙하게 손이 벽을 더듬었다.

1,000년이 넘는 성치고는 아직도 단단함을 잃지 않는 오팔르 요새.

한때는 왕국을 다스리는 왕성이었기에 넓은 지하에는 성벽을 보호하는 방어 마법진과 편의를 위한 각종 마법진의 파편이 존재했다.

서부 고원 대륙 부족들에게는 마법사들이 드물기에 돈을 들여 마법진을 가동하지 않았다.

기껏해야 소규모 마법진을 설치해서 이곳에 부임하는 귀족들의 편의성만 제공하였다.

이 정도 규모의 성에 설치된 마법진을 유지하기 위해서는 마법 공학과 건축술에 능한 고급 인력이 필요할 것이리라.

그러나 위험하고 이렇다 할 마법적 보호가 필요없는 이곳에 그런 고위급 마법사를 투입할 여력이 없었다.

아무리 제국이라 해도 마법사들은 함부로 충원할 수 없었다.

마탑 소속 마법사들은 제국에 복종하지 않는 독립된 단체.

황제의 명이라면 따르는 시늉은 하겠지만 황제도 그렇게 무리한 부탁을 하지 않았다.

거대한 대륙을 다스리는 황제지만 대대로 독립된 단체인 마탑을 무시할 수는 없는 법이다.

"정령의 보호 기호를 이곳에서 볼 줄이야."

내가 살던 성에도 이런 구조였다.

유서 깊은 왕국의 귀족가였기에 족히 1,000년의 세월 동안 버텨왔던 내 가문.

어릴 적 아버지가 손을 잡고 성의 지하에 들어가 지금 보고 있는 것과 똑같은 벽을 향해 손을 짚으며 비밀의 문 사용법을 가르쳐주셨다.

가문에 위급 상황 때 피신할 곳이라 말하며 똑똑히 정령의 보호 기호로 각인된 비밀 문을 열어주던 아버지.

놀랍게도 이곳 성의 지하에도 우리 가문의 성과 똑같은 정령의 보호 기호로 각인된 비밀 문이 존재했다.

그렇기에 내가 발견할 수 있었고, 위급한 이 순간에 급히 찾아와 문을 열어갔다.

바람의 정령을 다룰 줄 알았던 계약자들만 볼 수 있으며, 정령의 보호 기호를 풀 수 있는 자만이 열 수 있는 이곳 지하 석실.

꼼꼼하게 살피던 내가 아니었다면 그 누구도 발견하지 못했을 것이다.

그르르르륵.

"야호!"

미약하지만 내 피에 존재하는 바람의 정령과 소통되는 힘이 정령의 보호 기호를 풀어내었다.

비록 미약한 정령수 한 마리 소환하지 못하는 나였지만 내 안에는 한 때 대정령사를 배출했던 정령사의 피가 흘렀다.

"놈을 찾아라!"

"지하에서 놈의 냄새가 난다!"

두두두두.

사람 하나 들어갈 두툼한 돌문이 열리자 내성에 진입한 이루카카 전사들의 흉포한 목소리가 들려왔다.

"나 잡아봐라～ 흐흐."

내가 아니면 풀 수 없는 비밀 벽.

안으로 사라지며 이루카카 전사들을 약 올렸다.

'그런데 이거 위험하지는 않겠지?

놀랍게도 벽 안의 내부는 먼지 하나 보이지 않았고, 아주 상쾌한 공기가 머물러 있었다.

그리고 빛이 보였다.

희미하지만 충분히 내부를 볼 수 있는 푸른빛이 성인 몇 사람이 같이 걸어갈 정도의 넓은 공동 안에서 은은하게 스며나왔다.

스르륵.

안으로 들어서 문을 닫는 벽돌을 눌렀다.

그그그그그그.

순식간에 두께 1대랑은 될 것 같은 비밀 문이 닫혔다.

"놈이 사라졌다?"

"어, 어디로 간 거지?"

"찾아라! 샅샅이 찾아내라!"

잠시 후 지하로 들어온 이루카카 전사들의 외침이 희미

하게 석벽 너머에서 들려왔다.

"휴우……."

간발의 차이로 생사의 강을 건넜다.

이번에 걸렸다면 온몸의 가죽이 벗겨지고 엉덩이에 화살이 박힌 채 통닭구이가 되어 죽을 수 있었다.

"그런데… 이곳의 정체는 뭐야?"

위기가 사라지자 호기심이 치솟았다.

예상했던 비밀 문과 신비를 간직하고 있는 내부 공간.

벽돌이 아닌 암석 그대로의 동공은 점점 밑으로 이어져 있었다.

"발광마정석이 이런 곳에……."

그리고 눈에 들어오는 야광 물체.

마정석 중에서 빛의 기운을 품고 있어 발광마정석이라 불리는 물건.

1,000년이 흘러도 그 안에 품고 있는 빛을 은은하게 발산하기에 돈 있는 자들이 환장하는 귀한 마정석.

은은하게 푸른빛을 풍겨내는 품질로 보아 상품의 발광마정석이 요염한 자태로 유혹하였다.

"<u>호호호</u>……."

돈이었다.

그것도 예상 못한 짭짤한 수입.

마법진에 사용되는 마정석에 비하면 값이 떨어지지만 그래도 저 정도 발광마정석과 숫자라면 상당한 돈이 되었다.

천장에 간간이 박혀 있는 발광마정석을 세며 앞으로 걸어 들어갔다.

"하르케니스, 고맙다. 너 아니었다면 이런 대박은 없었을 것이다."

사랑과 미움은 종이 한 장 차이라 했던가.

예상보다 빨리 확보한 보물에 잡종 변태 엘프에 대한 미움이 눈 녹듯 사라졌다.

"발광마정석을 마법등 대신 사용할 정도라면 이 안에는……."

한때 왕성으로 사용되었다던 오팔르 요새.

역사에 묻혀 있던 왕국의 보물을 발견할 수도 있다는 희망에 심장이 거칠게 뛰었다.

저벅저벅.

안으로 들어가면서도 검을 들고 사방 경계를 늦추지 않았다.

혹시 모를 함정이 존재할 수 있기에 기쁨 속에서도 냉정을 유지했다.

마주 보며 웃는 와중에도 갑자기 칼침 맞아 뒈진 용병을 수없이 보았다.

　재수 없으면 골로 가는 정해지지 않은 운명의 길.

　조심 또 조심 하며 동굴을 따라 안으로 들어섰다.

　휘이이이이이잉.

　산 정상에서 불어오는 바람보다 더 상쾌한 공기를 폐부 깊숙이 담으면서.

　"……!!"

　기대를 품고 안으로 들어서던 지하 동굴.

　어느 순간 길은 끝났다.

　그리고 나타난 거대한 공간.

　"이, 이게 뭐야!"

　꿈이 크면 실망도 크다 했던가.

　동굴 안에 총총히 박혀 있는 발광마정석으로 흐뭇하던 마음이 눈앞에 보이는 광경에 급 실망으로 변하였다.

　"하아, 공주님 방이라도 되는 거야? 이 황금색 침대는 뭐야? 그리고… 화장대?"

　놀랍게도 동굴 안쪽의 제법 커다란 공간은 방의 구조로 이뤄져 있었다.

　귀족가 여인이라도 사용하는 듯한 황금실로 만든 화려한 침대와 빛에 반짝이는 먼지 하나 없는 화장대와 거울.

그리고 나무로 만들어진 고풍스러운 흔들의자 하나와 탁자가 전부인 공간.

"젠장, 그러면 그렇지. 난 또 왕가의 보물창고라도 되는 줄 알았네."

천장에 박혀 있는 발광마정석만으로도 내가 3년 동안 벌었던 재화보다 많았지만 인간의 욕심은 끝이 없었다.

돈과 권력이 있어야 찾을 수 있는 내 가문.

아쉬움의 입맛을 다시며 사방을 천천히 둘러보았다.

"이상하네. 마치 누군가 살았던 듯 깨끗하잖아. 오늘 아침에 청소라도 한듯 말이야."

과거 귀족 여인들이 감금당했던 독방처럼 보이는 공간은 아주 깨끗하였다.

먼지 하나 보이지 않았고, 화장대의 유리도 세월이 상당해 보였지만 맑고 투명하였다.

스르륵.

"헛!"

갑작스럽게 등 뒤에서 느껴지는 한기.

처럭.

검을 치켜들고 포스를 집어넣었다.

"누, 누구냐!"

용병으로 거저 살지 않았기에 누군가 이 공간 안에 있다는 사실을 알 수 있었다.

"……."

그러나 누구냐는 외침에도 답하는 이가 없었다.

'설마… 유령?'

오래된 성이었고 지금은 오팔르 요새라 불렸지만, 연중행사로 이곳 성에서는 전쟁이 벌어졌다.

100년 전쟁 동안 주인이 바뀌기를 수십 번.

그 기간 동안 죽어나간 숫자가 족히 100만은 가까울 것이라 짐작할 수 있었다.

스르, 스르르.

휘이이이잉.

"누구냐! 비겁하게 숨어 있지 말고 정체를 드러내라!"

확실하게 어떤 존재가 있었다.

바람처럼 움직이는 그 어떤 미지의 대상.

'젠장…….'

식은땀이 등 뒤에서 주르르 흘러내렸다.

모습은 보이지 않았지만 확연하게 느껴지는 어떤 이의 기운.

스윽스윽.

미약한 푸른 포스가 담긴 검을 들고 천천히 한 바퀴 돌면서 사방을 둘러보았다.

·

'아무도 없잖아.'

내가 들어왔던 동굴 입구 말고는 따로 출구가 없었다.

높이 5대량 정도 되는 딱딱한 돌로 된 천장과 주변 벽 그 어떤 곳에서도 이상한 물체는 보이지 않았다.

분명 아무것도 없었다.

그러나 위기에 단련된 본능은 끊임없이 경고를 발했다.

"……?"

그렇게 경계를 늦추지 않으며 관찰하는 와중에 눈에 들어오는 하나의 물체.

나무로 된 탁자 위에 작은 금속함이 하나 놓여 있었다.

방 안의 화장대와 침대, 탁자, 의자와 달리 은은한 금빛을 뿌려내는 금속함.

"바, 바람의 기운이다!"

바람의 정령수 한 마리 소환하지 못하지만 뿌리 깊게 내려오는 대정령사의 피를 이어받은 가문의 전통에 의하여 정령에 민감한 체질.

작은 금속함 안에서 풍겨오는 기운이 예사롭지 않다는 사실을 알아챘다.

'이곳의 정체가 뭐란 말인가?'

답답하여 꽉 막혀 있는 공간.

대지의 정령수나 물의 정령수라면 모를까 바람의 정령수

들은 답답하여 기절할 것 같은 지하 석실.

바람의 정령수를 붙잡아둔 마법 금속함이라도 되는 양 그곳에서 바람의 기운이 스멀스멀 흘러나왔다.

'정말 정령수라도 갇혀 있단 말인가?'

힘이 약한 정령수들을 마법사들이 실험용으로 가끔씩 가둬둔다 하였다.

정령사들에게는 소환되어도 마법사들에게는 결코 복종하지 않는다는 정령수.

정령이 품고 있는 특유의 성질을 연구하기 위하여 마법사들이 마법 금속함을 사용함을 알고 있기에 의심이 갔다.

'이번 기회에 정령수 한 마리 키워봐?'

아버지도 정령수를 소환할 수 있는 정령사였다.

천 년 전에는 정령 수호기사도 소환할 수 있는 대정령사도 배출한 유서 깊은 정령사 가문이었지만 그 이후로 정령수를 소환함이 고작이라 하였다.

그래도 유서 깊은 가문답게 상당히 강력한 정령수를 소환하여 가문의 명맥을 이어왔다.

무적이라 불리는 정령 수호기사는 소환하지 못하였지만 정령수와 더불어 바람의 호흡법으로 획득한 포스로 검술이 마스터의 경지에 올랐던 선조님들.

할아버지 대에 이르러 갑작스럽게 대대로 내려오던 바람의 호흡법을 일부 유실하여 포스 마스터에 오르지 못하자 가문은 나락으로 빠져들었다.

제국에 통합된 뒤로도 능력을 인정받아 왕국 공작가에서 제국 백작가로 작위를 하사받았다.

능력 있는 자는 널리 등용한다는 카로크안 제국의 초대 황제 라바운의 선정에 가문의 명맥을 이어받았던 것이다.

다만 할아버지 이후로 포스 마스터가 배출되지 못하자 가문 소속이던 자작가와 남작들이 타 가문으로 떠나 버렸다.

그리고 아버지가 돌아가시자 남아 있던 가문의 귀족들이 나를 내쳤다.

힘이 없는 주군을 모실 수 없다는 그들의 논리.

냉정하지만 그것이 바로 현실이었다.

'위기에 빠진 정령수들을 구해주고 정령사가 된 자들도 있다고 하였다. 만약 이 금속함이 정말 정령이 담겨 있는 마법 금속함이라면……'

정령사.

바람과 대지, 불, 물의 사대정령을 소환할 수 있는 능력자들.

정령계의 가장 하급 존재라 할 수 있는 정령수를 소환할 때부터 정령사 칭호를 받았다.

아무리 하급이라 하더라도 정령과의 친화력이 없는 존재는 대마법사나 포스 마스터라 하더라도 정령을 소환할 수 없다.

정령에게 선택 받을 수 있는 존재, 그들이 바로 정령사의 자질을 소유한 이들이었다.

그런 정령사 중에서 정령수 말고 본격적으로 정령계의 정령족을 소환하는 이들은 중급 정령사 칭호를 받았다.

정령수와 달리 인간과 유사한 인격체로서의 모습을 소유한 정령족.

인간이 상상할 수 없는 세월을 살아가며 정령계에 존재하는 진정한 정령들.

바람과 불, 대지와 물의 정령족들은 각자의 특성에 맞게 고위 정령사에 소환되며, 그들을 소환할 수 있는 정령사는 엄청난 능력을 소유하게 된다.

힘 좀 쓴다는 정령수들이 쓸 만한 기사급 정도의 힘을 발휘하였고, 정령족은 기사급 이상의 힘을 펼칠 수 있었다.

물론 소환하는 정령사와 정령의 능력과 더불어 친밀도에 따라 세상에 구현되는 능력이 달랐다.

마법사들로 치자면 5서클 마법사 이상이며 기사급으로는 포스 마스터 아래 정도인 최상급 포스 유저 정도의 능력을 정령족은 발휘하는 것이다.

그런 정령족을 소환하게 된다면 전투에 엄청난 힘을 발휘하게 된다.

바람의 정령족을 이용하여 멀리 정찰하거나, 불의 정령족을 사용하여 대규모 화염공격을 펼치거나, 물의 정령족이나 대지의 정령족을 부려 대규모 함정을 만들 수 있었다.

정령들의 이런 물리적 능력 말고도 정령들은 자신들의 속성에 맞는 정령 마법을 펼칠 수 있기에 그 활용도는 무궁무진했다.

거기에 정령족보다 더 강한 정령 기사와 계약을 맺은 이들을 고위 정령사라 불렀다.

본격적으로 전투에 참전해서 엄청난 힘을 발휘하는 정령 기사.

정령계에서 각자의 속성에 맞는 정령계를 수호하는 정령 기사들.

정령사에 소환되어 바람과 대지와 물과 불 등의 각각의 속성에 맞는 정령 마법을 펼치거나, 직접 정령사와 한 몸이 되어 전투에 참전하여 적을 격퇴하였다.

그런 정령 기사를 소환할 수 있는 고위 정령사들은 특별 대우를 받았다.

7서클 대마법사나 포스 마스터 정도의 대유를 받는 고위 정령사.

그게 마지막이 아니었다.

대정령사라 불리는 존재들이 남아 있었다.

정령계에서 정령왕을 직속으로 호위하는 정령 수호기사.

인간 기준으로는 8서클 대마도사나 그랜드 포스 마스터라 불리는 전설적인 존재들과 맞먹는 능력을 소유한 정령 수호기사.

역사상 정령 수호기사를 소환한 대정령사의 숫자는 그리 많지 않았다.

언제나 정령왕을 근접에서 수호하는 이들이었기에 어지간한 정령족과의 친화력이 존재하지 않는다면 결코 계약을 맺지 않았다.

'많이도 바라지 않는다. 정령수 중에서도 힘 좀 쓰는 놈이면 된다! 썩을 변태 엘프가 소환하는 바람의 정령수 슈바르만 넘으면 된다!'

큰 욕심은 없었다.

바람의 호흡법을 완벽하게 사용하지 못하는 나에게 있어

정령족 이상이 소환될 리가 없었다.

무슨 까닭인지 1,000년 전 대정령사 이후로 정령 소환 능력이 갈수록 퇴보하는 가문.

정령족을 소환하는 중급 정령사를 배출한 지도 벌써 수백 년이 넘는다 했다.

다만 정령 수호기사를 소환한 대정령사였던 가문의 선조 할배가 남겨준 바람의 호흡법 덕분에 가문을 유지할 수 있었던 것이다.

가문을 찾아야 했지만 내 힘으로는 부족했다.

돌아가신 아버지도 얻지 못한 온전한 바람의 호흡법.

누가 가르쳐 줄 리가 없었다.

정령사를 배출하는 대륙의 각 가문에서도 호흡법은 가문을 이을 직계에게만 허락되었다.

그렇기에 카로크안 제국 황실에서 설립한 제국 기사학교에 입학해야 했다.

그곳에 들어가 부족한 내 실력을 보충하고 근위기사가 되어 이름을 떨쳐 가문을 되찾는 수밖에 없었다.

그게 아니라면 떡하니 정령 기사라도 소환하여 고위 정령사가 되어 제국의 인정을 받는다면 모를까 말이다.

두려움이 호기심을 이기지 못했다.

스릉.

검을 검집에 집어넣고 탁자 위의 금속함으로 다가갔다.

'진짜 마법 금속함이다!'

가까이 다가가자 확연하게 보이는 금속함의 표면에 각인된 마법 문양.

어릴 적 가문에 소속된 마법사가 보여주었던 룬어와 알 수 없는 마법진이 금속함 표면에 미세하게 그려져 있었다.

"꿀꺽."

마법 금속함이 확인되자 긴장감에 마른침이 넘어갔다.

바람의 기운이 감지되었지만 무언가 다른 함정이 있을 수도 있는 법.

조심스럽게 마법 금속함을 잡아갔다.

'비나이다. 비나이다. 행운의 여신 엘토아르님께 기원하오니 부디 허우대 멀쩡하고 힘 좋은 정령수 한 마리만 점지해 주시기를 간절하게 원하나이다.'

바람의 정령수가 들어 있음이 확실한 마법 금속함.

행운의 여신께 기원을 올리며 천천히 금속함의 뚜껑을 열어갔다.

끼리릭.

별다른 방어 주문이 없는 마법 금속함.

천천히 내 손을 따라 열렸다.

파아아앗!

'헛!'

금속함이 열림과 동시에 공간 안에 퍼져 가는 엄청난 은빛 푸른 빛줄기.

휘이이이이이이잉.

빛과 함께 일어나는 세찬 바람.

파라라라락.

머리칼이 폭풍처럼 흩날렸고, 공간에 바람의 숨결이 가득 들어차 갔다.

'저, 정령수가 아니란 말인가!'

갑작스러운 바람과 빛에 정신이 하나도 없었다.

이 정도 물리력을 발휘하는 존재라면 정령수 이상.

덜컥.

놀라는 와중에 나도 모르게 완벽하게 금속함을 개함하였다.

번쩍.

눈이 멀 정도로 섬광이 눈동자에 파고들었다.

"크윽!"

터져 나오는 비명.

촤라라라라라라라락.

터더덕.

불어오는 바람에 뒷걸음이 쳐졌다.

'이, 이게 무슨 일이야!'

놀라는 와중에 억지로 눈을 떴다.

생각지도 못한 사태에 눈 감고 당할 수는 없는 법.

일반적인 빛과 달리 눈알이 아프지 않았다.

그렇기에 눈을 뜨자 서서히 보이는 광경.

"……!!"

눈동자에 보이는 한 존재.

아무것도 존재하지 않는 공간이었건만 때마침 내 눈이 향해 있던 화장대의 큼지막한 거울.

그곳에 한 존재가 곤혹스러운 표정으로 날 바라보고 있었다.

'여, 여자?'

밝은 광채에 휩싸여 희미하게 보이는 이는 놀랍게도 여인의 모습.

"아……."

천장의 발광마정석의 빛이 방 안을 은은하게 물들이는 가운데 나도 모르게 당혹스런 탄성이 터져 나왔다.

빛과 함께 거울 속에서 은은한 빛에 휘감겨 흰 눈처럼 눈부신 그녀의 몸이 드러났다.

빛에 눈동자가 익숙해져 갔기에 또렷하게 모습이 보였다.

당혹스러운 듯 두 손으로 가슴을 가리고 서 있는 여인의 부드러운 곡선의 우윳빛 신체.

신비스럽게 반짝이는 은빛 폭포수 같은 머리칼이 살포시 드러낸 새하얀 어깨를 스쳐 가슴을 휘돌아 하체로 흘러내리고 있었다.

눈동자가 나도 모르게 알 수 없는 욕망에 이끌리며 가녀린 그녀의 어깨선 아래로 흐르는 머리칼을 따라 움직였다.

들리지 않았지만 그녀의 짧은 숨결이 내 심장에 박혀 버린 순간.

순결한 입술 아래로 내 시선이 멈춘 그곳에서…….

내 숨결도 멈춰 섰다.

투명하고 부드러운 양손으로 봉긋한 가슴을 가리고 있는 그 모습.

빛과 함께 거울에 비춰진 여인의 아릿한 자태.

더할 나위 없이 커져 버린 눈동자를 타고 내 온 영혼을 점령해 버렸다.

'미, 미의 여신… 아프로디티…….'

머리에 생각나는 한 단어.

미의 여신이자 행복과 음악을 관장하는 아프로디티 신이 떠올랐다.

어릴 적 미의 아프로디티의 신전에 들어가 행복을 위해 기원드릴 때 신전 벽화에 그려져 있는 아프로디티의 여신상.

지금 내가 보고 있는 여인의 모습은 여신과 쌍벽을 이룰 정도.

멍하니 갑작스러운 충격에 무방비로 노출되었다.

그런 나를 거울로 바라보는 여인.

살짝 치솟아 오른 눈썹 아래로 은은한 하늘빛 커다란 눈동자에 드러난 촉촉한 눈빛.

더욱이 여인은 태어날 때 그대로의 모습.

머릿결이 끝나는 아래로 드러난 새하얀 다리 그리고 구슬같이 모아진 발뒤꿈치는 허공 속에 서 있는 여신일 것 같은 착각을 불러일으켰다.

쿵! 쿵!

심장이 거칠게 뛰었다.

꿈에서나 그러던 완벽한 여신상.

분명 거울로는 보이건만 공간에는 존재하지 않는 여인의 모습.

"누, 누구……."

팟!

누구냐고 묻는 순간 한줄기 빛이 그녀를 통해 나타났다.

퍼억!

그리고 가해지는 짧은 충격.

털썩.

몸뚱이가 힘없이 쓰러짐을 마지막으로 느끼며 짙은 암흑이 밀려왔다.

이미 영혼 속에 깊이 기억되어 버린 신의 아름다움을 소유한 여인의 모습을 깊숙이 품고서…….

사라락.

인간이 쓰러지자 공간을 향해 한 번의 손짓을 하는 여인.

차라락.

순간 공간이 열리며 은빛 투명한 전신 갑옷이 나타나 그녀의 부끄러운 육신을 순식간에 감추었다.

번쩍번쩍 빛을 뿜어내는 은빛 갑옷.

은빛 푸른 기운이 갑옷 위를 스치고 지나가는 모습이 신비롭기 그지없었다.

신들의 용사들이 악신과 싸울 때 착용하였다는 전설과 신화 속의 갑옷처럼 말이다.

스윽.

사방을 조용히 둘러보는 여인.

과거를 추억하는 듯 여인의 눈동자에 아련한 그리움의

잔상들이 스치고 지나갔다.

스스스스.

발 없는 유령처럼 황금빛 실로 만들어진 침대로 조용히 날아가는 여인.

스르륵.

조용히 침대에 몸을 살짝 누이며 손으로 침대보를 쓰다듬었다.

소중한 추억들이 생각나는 듯 침대를 부드럽게 매만지는 새하얀 여인의 손길.

스스스.

침대에서 일어나 말없이 사방을 다시 둘러보며 모든 것을 소중하게 매만졌다.

사랑하는 연인을 추억하듯 손길 하나하나에 애잔한 마음을 담고 있었다.

또로로로로.

그 순간 여인의 새하얀 볼을 타고 흐르는 작은 이슬방울.

이 작은 공간이 여인과 소중한 공간이었음을 충분히 짐작하고도 남았다.

스윽.

그렇게 얼마를 울었을까.

자리에서 일어나 쓰러져 있는 인간에게 다가가는 여인.

파슛.

어느새 치켜든 그녀의 손 주변으로 투명한 바람의 마법 창이 생성되었다.

자신을 마법 금속함에서 꺼내준 인간에 대한 고마움 대신 차가운 살기를 뿌리는 여인.

냉정한 표정으로 인간을 바라보았다.

<u>파르르르르.</u>

그때 바람의 마법창을 날려 인간을 죽음의 길로 인도하려던 여인이 놀란 표정을 지었다.

쓰러져 있는 인간의 허리춤에 달려 있는 검에 시선이 꽂혀 있는 그녀.

휘익.

스릉.

손이 검을 향하자 검은 가볍게 뽑혀져 여인의 손에 들려졌다.

"······!"

검이 손에 잡히자 다시 한 번 놀라는 의문의 여인.

촤라라락.

검의 손잡이를 감싸고 있는 가죽을 순식간에 풀었다.

손잡이를 풀어내자 모습을 드러내는 손잡이 중앙에 박혀

있는 작은 달걀만 한 푸른 보석 하나.

장식 없는 검날은 평범해 보였건만 푸른 보석이 드러나자 보검으로 순식간에 바뀌어졌다.

지금껏 평범하던 검날에서 새파란 예기가 뿜어져 나왔고, 푸른 보석에서는 은은한 기운이 흘러나왔다.

"……."

파르르 몸을 떠는 여인.

검에 박혀 있는 푸른 보석을 보면서 입을 열었지만 아무런 목소리가 흘러나오지 않았다.

분명 무언가 말을 하지만 말을 뱉어낼 수 없는 여인이었다.

또로로로.

검을 잡고 다시 눈물을 흘리는 여인.

똑똑똑.

검의 손잡이에 박혀 있는 푸른 보석을 얼굴로 소중하게 가져가며 눈물을 흘렸다.

파아앗, 파아앗, 파아앗.

여인이 눈물을 흘리자 검이 살아 있기라도 하는 듯 은은한 푸른빛으로 발광하기 시작했다.

여인이 검을 알아보듯 검 또한 그녀를 알고 있는 듯 광채를 뿜어냈다.

또로로로로.

여인은 또 그렇게 한참동안 서글픔의 보석을 만들어냈다.

말할 수 없는 진득한 슬픔이 공간을 점령했다.

스르륵.

푸른 보석이 박혀 있는 손잡이를 얼굴에서 떼어내며 쓰러진 인간에게 다가가는 여인.

잠시 갈등하는 빛을 보이더니 새하얀 손을 뻗어 누워 있는 인간의 은은한 연푸른 머리칼을 쓰다듬었다.

파아앗.

그 순간 여인의 손이 닿은 인간의 연푸른 머리칼 한줄기가 은은한 은빛으로 변하였다.

안쪽 깊숙한 줄기였기에 잘 드러나지 않았지만 자체적으로 살아 있는 생명체처럼 무언가 신비한 힘이 느껴지는 인간의 머리칼.

스르륵.

그렇게 인간의 머리칼을 매만지던 여인은 다시 한 번 공간을 휘둘러보았다.

파앗.

그리고 이내 한줄기 빛을 남기며 사라졌다.

놀랍게도 인간이 들고 있는 검의 손잡이에 박혀 있는 푸른 보석으로 빨려들 듯 모습을 감추어 사라졌다.

한 줄기 연기처럼…….

처음부터 검병에 자리 잡은 푸른 보석이 자신의 안식처
였던 것처럼.

Chapter 03
귀환

"크으, 정말 춥군."

"말로만 들었던 지옥의 협곡 칼바람이라니……. 으드드드."

100년 전쟁을 통하여 확인된 서부 고원 대륙 부족들의 용맹에 뒤늦게 놀란 카로크안 제국.

부족 전사들이 지옥의 협곡을 넘어 대륙 안까지 복수의 칼을 휘두르자 부랴부랴 대장성을 세웠다.

서부 고원 대륙 전사들 말고도 히모르 산맥에서 넘어오는 몬스터들 때문에라도 진작 건설되어야 했다.

그러나 정복하지 못한 곳에 대한 미련 때문에 제국은 자신의 힘을 오로지 전투에만 쏟았다.

다행스럽게 현 황제가 위기를 깨닫고 명을 내리지 않았다면 지금과 같은 겨울이 끝나기도 전에 용맹에 물든 서부 고원 대륙 부족 전사들의 공격을 받아야 했을 것.

높이 20데랑이 넘는 대장성의 성벽 위에서 두툼한 제국군 동계 보급 망토를 두른 병사들이 이를 떨며 눈을 부릅떴다.

벌써 보름 전 지옥의 협곡 안에 있던 오팔르 요새에 머물던 용병들이 돌아왔다.

남부에서 징집한 15군단 3만 명의 병사와 돈을 주고 구입한 날파리 같은 용병들을 투입하여 시간 벌기 작전에 투입되었다.

늦은 여름에 출발하여 장성이 마지막까지 완성되는 겨울까지 버티라는 명령.

제국 군단만 공격을 감행했다면 반년은 고사하고 한 달도 살아남을 수 없을 것이리라.

그러나 장성 주변에 모여 있던 실력있는 용병들 덕분에 반년을 버티며 서부 고원 대륙에서 살아남을 수 있었다.

하지만 딱 거기까지.

본격적으로 서부 고원 대륙의 강자라 할 수 있는 중요 부족들이 출동하자 제국군은 봄 햇살에 눈 녹듯 녹아내렸고, 퇴각 명령이 내리기가 무섭게 허겁지겁 도망을 쳤다.

그 사이에 장성은 완성되었다.

서부 고원 대륙을 차단하기 위하여 히모르 산맥이 끝나는 곳에서 일정 완충지대까지 만들어 넓게 포위하듯이 침묵의 바다와 용사의 바다까지 이어버린 무려 300크랑이 넘는 서부 대장성.

100만 제국 병사 중에서 무려 20만이 넘는 병사들이 장벽의 방어를 맡았다.

이곳 말고도 아직 힘겨루기가 진행되고 있는 바다 건너 오베스 신성제국과 올토르 해상 왕국, 그란트 왕국 연합과 동부 사막 초원지대의 산적 같은 이들이 남아 있었다.

뿐만 아니라 제국 곳곳에 자리 잡은 거대 산맥들에서 쏟아져 나오는 몬스터들 때문에 100만 병사로도 제국을 유지하기 벅찼다.

제국 각 영지가 보유한 수백만 사병들까지 포함되어야 제국은 거대한 덩치를 유지할 수 있었다.

작금의 현실을 아는 현명한 이들은 두려움으로 제국의 숨소리를 듣고 있었다.

100년 전쟁을 통한 마르지 않을 것 같은 국고의 탕진과 깊어가는 황실의 사치, 점점 늘어나는 조용하던 이웃 왕국들의 발호에 해적들이 늘어나 바다 상권이 상당수 상실되었다.

평화스러웠지만 현자는 암흑의 미래를 예언하는 현실.

완벽하게 건설된 서부 대장성의 병사들은 아는지 모르는지 하얀 입김을 뿜어내며 장벽 너머를 바라보았다.

높이가 20데랑이 넘는 두툼한 성벽이지만 야간 기습에 능하고 추위를 타지 않는 무식한 서부 고원 대륙의 부족 전사들.

과거 장벽이 없을 때 제국으로 침입하여 소리 소문도 없이 백작 영지 하나를 야간에 사라지게 만들어 버렸기에 병사들은 경계를 게을리하지 않았다.

파슷파슷.

장벽 곳곳에 화톳불 대신 서 있는 대형 마법등.

훤하게 장벽 너머의 눈으로 뒤덮인 대지를 비추고 있었다.

"어!"

"저, 저게 뭐야!"

장벽에서도 우뚝 서 있는 방어탑의 병사들이 한곳을 바라보며 깜짝 놀라워했다.

"저, 적?"

"저 자식, 뭐야!"

한 남자가 걸어오고 있었다.

두툼한 가죽으로 온몸을 감싼 채 말도 없이 뚜벅뚜벅 눈발을 헤치며 성벽으로 다가오는 자.

파앗!

성벽 너머를 비추던 대형 마법등이 다가오는 이를 향했다.

처저적.

병사들이 재빠르게 활에 화살을 재었다.

그와 동시에 급박한 상황을 알리는 종 옆에서 대기 중인 병사.

여차하면 종을 울려 성벽 밑에 대기 중인 병사들과 기사들을 부르려 했다.

"어여~ 적 아니니까 그 활 내려놓으셔!"

그때 방어탑을 향해 포스가 담긴 우렁찬 외침을 토하는 야밤의 침입자.

"누, 누구냐!"

포스가 담긴 유창한 제국어에 병사가 질문을 던졌다.

"15군단 소속 용병 아르테온이라고 합니다! 제가 좀 늦었습니다! 하하하!"

뭐가 그리 좋은지 야밤에 장성 벽에 다가와 좀 늦었다며 사람 좋은 웃음을 터뜨리는 용병.

"용병?"

"1, 15군단……?"

용병을 제외하고 귀족과 기사들, 그리고 마법사들 같은 고급 전력만 돌아오고 버리는 패였던 15군단.

낙오병이 분명했다.

마지막으로 오팔르 요새에 남아 있던 정찰 용병들까지 모두 돌아왔었다.

"야! 이 새끼야! 죽으려고 환장했어! 날 밝은 아침에 찾아오지, 이 밤에 나타나고 지랄이야!"

병사들의 조장이 버럭 소리를 지르며 욕설을 퍼부었다.

정규 병사도 아니고 용병이다.

비록 포스를 사용하는 자였지만 제국에서 용병은 정규 병사들 위에 설 수 없었다.

용병 길드에서 인정받는 특급 용병이라 할지라도 제국이라는 이름 앞에서는 그저 평범한 평민에 불과했다.

능력을 인정받아 기사가 되기 전까지는 말이다.

"죽지 않으려고 이 밤에 여기까지 기어온 것 아니겠소. 귀찮게 않을 터이니 날이 밝을 때까지 성문 앞에서 좀 쉬겠소이다."

"허어……."

"참나."

제국군 규칙상 날이 밝을 때까지 중요 장소의 성문은 열 수 없었다.

　고위급 귀족이나 급박한 공무가 아니라면 열리지 않는 성문.

　그 사실을 잘 알고 있는 용병은 터벅터벅 걸어와 단단하게 잠긴 통쇠와 미스릴 합금으로 만들어진 대형 장성의 성문 앞에 이르렀다.

　차라락.

　마치 자신의 집처럼 둘둘 말고 있던 가죽 망토를 담요처럼 펼쳐 몸에 두른 용병.

　"며칠 동안 몬스터들 때문에 잠을 설쳤더니 피곤하외다. 믿고 푹 잘 터이니 경비 좀 부탁하겠소이다."

　병사들이 말릴 사이도 없이 성문 앞의 빈 공간에 자리를 잡고 잠을 청하는 용병.

　"쳇, 누가 용병 아니랄까 봐."

　"그래도 대단해. 낙오되어서 이곳까지 살아서 오다니."

　"야만인 전사 놈들이야 그렇다 치더라도 요즘 배고픈 몬스터들이 날뛸 판인데……."

　장성 저 멀리 보이는 히모르 산맥의 웅장한 산 어깨.

　그곳에 서식하는 몬스터들이 얼마나 많고 강력한지 장성 수비병들은 잘 알고 있었다.

"뭣들 해! 정신들 차리고 집중해!"

차자작.

용병에게 쏠렸던 관심이 거두어졌다.

물경 20만이 넘는 병사들이 수비하는 장성이지만 너무나 길었기에 자칫 방심하다가는 뚫릴 수도 있는 법.

병사들의 조장이 군기를 잡았다.

휘이이잉, 휘이이이이잉.

히모르 산맥 지옥의 협곡을 지나쳐 온 차갑고 시린 바람이 대장성을 향해 끊임없이 불어왔다.

제국을 괴롭히는 서부 고원 대륙의 야만 전사들처럼 지겹고 끈질기게.

파앗!

이른 아침의 붉은 광명이 저 멀리 히모르 산맥을 휘감기 시작했다.

진작 깨어나 습관적으로 가문의 비기인 바람의 호흡법대로 포스를 축적했다.

'와, 완벽하게 호흡이 이어지고 있다.'

마지막 호흡을 갈무리하며 며칠간 감지된 변화에 또다시 놀라고 말았다.

기사들과 호흡법과 비슷하게 정령사 가문들은 대부분 각

자의 속성에 맞는 호흡법이 존재했다.

정령과의 친밀감이 높을수록 뛰어난 정령수나 정령족과 계약을 맺을 수 있기에 육신 자체를 사대 속성에 맞게 정화, 발전시켰다.

기사들의 호흡법과 다르지 않았다.

다만 호흡과 동시에 각자의 속성에 대한 생각을 끊임없이 하며, 몸 안에 속성의 힘을 배양함이 다를 뿐이었다.

그런 호흡법은 수천 년 동안 이어져 내려오며 각 가문의 비법으로 전수되어져 왔다.

오랜 세월 경험을 통하여 좀 더 완벽하고 빠르게 포스를 저장하며 속성들을 친밀화할 수 있는 방법들이 계승되어져 내려와 각 가문의 비밀로 내려오는 것이다.

우리 가문에도 내려왔다.

바람의 정령왕을 수호하는 정령 수호기사를 소환했던 대정령사를 배출한 가문의 호흡법이 대단하지 않을 리 없었다.

다만 대대로 내려오면서 정령족을 소환하지 못한 까닭에 정령과의 친밀보다는 포스 수련에 중점을 둔 호흡법으로 변질됨이 문제였다.

거기에 더하여 그 호흡법마저도 할아버지 때부터 온전히 전수받지 못해 작금에는 불완전한 상태로 머물러 있었다.

완벽하였더라면 지금 내 나이에는 상당한 포스를 사용할 수 있는 중, 상급 이상의 포스 유저가 되어 있어야 했다.

선조들 중에서는 빠른 이들은 서른 살 전후로 포스 오러를 사용할 수 있는 마스터의 경지에 이른 이들이 다수였다 하였다.

'왜? 어떻게 이럴 수 있지?'

믿기지 않았다.

호흡을 하더라도 무언가 부족하고 완벽하지 않음을 스스로 감지할 수 있었다.

그러나 지금은 아니었다.

호흡하는 대로 대기에 스미어 있는 바람의 기운과 대자연의 포스가 쭉쭉 아랫배에 저장되었다.

'그날부터였어, 오팔르 요새 지하 동굴에서 깨어난 날부터.'

화장대 거울에 등장했던 천상의 여신 같은 여인을 보고 쓰러진 이후부터다.

얼마나 지났는지 알 수 없지만 긴 잠 같은 기절 속에서 깨어났다.

꿈처럼 여인의 모습은 보이지 않았다.

처음 내가 쓰러지던 그 순간 그대로 동굴 안의 공간은 변함없었다.

내가 사용하는 가문 대대로의 바람의 검 라르아르의 검 병을 덮고 있던 가죽만 벗겨져 있는 건만 빼고 말이다.

그렇게 깨어난 이후 잠시 정신을 차리고 바람의 호흡법을 펼쳤다.

지하 공간에서는 웬만하면 수련하지 않는 바람의 호흡법이었지만 밖에 이루카카 전사들이 물러날 때까지 버티려면 포스라도 안정화되어 있어야 했다.

급히 도망치느라 먹을 거라고는 갑옷 안쪽에 있는 비상 육포가 전부였다.

'점점 강해져 간다.'

정령의 사대 기운 중에 가장 미약한 속성이 바로 바람이다.

자연의 기운 중에 순리에 해당하며 모든 것에 부드럽고 공손한 힘이 바로 바람의 속성이었다.

그러나 처음과 달리 힘을 획득하면 할수록 강해지는 존재가 바로 바람의 속성.

불과 물의 속성처럼 처음부터 거칠고 강한 기운과 달리 바람의 속성은 뒤로 갈수록 그 힘이 배가되며 기하급수적으로 늘어난다.

그리고 마지막에는 거대한 바다와 불길도 단숨에 집어삼키고 날려 버릴 수 있는 미증유의 힘이 바로 바람의 속성이었다.

다만 그 습득하는 과정이 험난하고 난해하기에 그처럼 강대한 힘을 얻는 이는 드물었다.

바람의 고위 정령사나 되어야 온전하게 누릴 수 있는 권리.

그전에는 바람의 정령사들은 다른 정령사들에게 무시를 당하였다.

그런데 지금 내 몸에 변화가 일어나고 있었다.

완벽하지 못했던 가문의 바람의 호흡법.

놀랍게도 호흡과 동시에 자연스럽게 처음부터 끝까지 하나로 이어졌다.

마치 내가 수련했던 가문의 호흡법이 처음부터 그러했다는 듯 매끄럽게 호흡과 동시에 기운이 온몸을 휘돌며 아랫배 포스 홀에 축적되었다.

'이대로만 간다면 곧 포스 유저 중급 이상이 될 것이다!'

바람의 호흡법이 일정 이상 경지에 오르면 평상시에도 자연스럽게 대자연의 포스를 흡수할 수 있다.

사방 천지에 존재하는 바람의 기운.

어릴 적부터 쉬지 않고 배워온 결과와 갑작스럽게 얻게 된 알 수 없는 심득에 의하여 새로운 길로 들어서고 있었다.

"어이, 용병! 아직 안 얼어 죽었나?"

태양이 모두 떠오른 듯 대지는 환하게 제 모양을 갖추고 있었고, 성벽 위에서 병사의 외침이 들려왔다.

"얼어 죽는 줄 알았습니다! 어서 문 좀 열어주십시오!"

포스를 다루는 자들은 일반인들과 달리 추위와 더위에 강한 체질로 변환되었다.

그러나 엄살을 피우며 문을 열어달라고 외쳤다.

"잠시만 기다려! 기사님이 오셔야 문을 열 수 있으니까!"

병사들이 감히 전략적 요충지의 성문을 좌지우지할 수 없었다.

어지간한 마법에도 견딜 수 있도록 강철과 미스릴 합금으로 제작되는 중요 요새나 성의 성문.

신분증명서를 휴대하고 있기에 걱정하지 않았다.

사실 마음만 먹으면 성벽 하나 넘는 건 일도 아니었다.

그러나 제국의 공무를 수행한 내가 죄인이나 좀도둑처럼 성벽을 넘을 수는 없었다.

'무슨 일인지 몰라도 좋으면 그만! 앞으로 쭉쭉 바람의 기운을 마셔주겠어!'

나를 옥죄었던 미진했던 가문의 호흡법이 완전무결해지자 사나이의 호기가 충만해졌다.

멀게만 느껴졌던 가문을 되찾는 일.

꿈이 아닌 현실이 될 수 있었다.

저 멀리 태양빛에 반짝이는 만년설의 준봉처럼 세상에 우뚝 선 바람의 대정령사가 되어 위대한 이름으로 불릴 수 있을 것이리라.

'그나저나 하르케니스 그 변태 잡종 엘프를 어떻게 조질까?'

내 돈을 빼돌리려고 사지에 처박아두고 도망쳤던 허우대 멀쩡 하프 엘프.

장성 벽 너머 데론 성에 있을 것이 분명했다.

'흐흐흐, 기다려라! 하르케니스! 네놈 엉덩이에 검을 화끈하게 쑤셔주마!'

하프 엘프에게 배운 가장 잔인한 공격 방법.

목을 따거나 심장에 검을 쑤셔 넣는 것보다 엉덩이 그 깊숙한 곳에 화살을 꽂아 넣는 고통은 상상 이상일 것.

그 연약하고 부드러운 곳에 화살이 깊숙이 꽂혔다고 생각해 봐라.

배출 신호에 따라 밖으로 나오려는 그 무엇을 참아야 하는 괴로움.

나 같으면 차라리 배를 칼로 째고 쏟아내고 싶을 것이다.

"두툼한 하르크의 가죽으로 만든 갑옷입니다! 이 가죽 갑옷을 입고 있으면 절대 추위나 어지간한 몬스터의 공격으로부터 안전할 것입니다! 단돈 제국 금화 세 개로 모시겠습니다!"

"각종 무기 팝니다! 실력있는 용병들이 사용하던 검과 창, 손도끼 등등 아주 다양한 무기들이 있습니다!"

"쉴 곳 찾으세요? 저를 따라오시면 편안한 잠자리와 둘이 먹다 둘 다 죽어도 모를 기막힌 요리와 술이 있는 주점으로 안내해 드리겠습니다."

'휴우, 이제 집에 온 것 같네.'

오르크 가죽으로 만든 가죽 갑옷을 하르크 가죽 갑옷이라 사기 쳐 팔아먹는 상인과 용병들의 외상값 대신 빼앗은 무기를 파는 주점 주인들과 한통속인 어느 무기 상인, 그리고 성에 들어서는 순진한 외부인에게 바가지 씌우는 사악한 꼬맹이들까지.

모든 것이 정겨운 데론 성.

3년간이나 살아온 데론 성에 들어서자 입가에 흐뭇한 미소가 지어졌다.

고향에 온 느낌이랄까?

정처없이 떠돌던 내가 터 잡고 살았던 데론.

서부 대장성이 건축되기 전에는 나름 중요한 전략적 군사 요충지가 바로 이곳이었다.

서부 제국군을 통괄하는 서부대군단 사령부가 이곳에 있었고, 용병 길드를 비롯하여 각종 상단의 지부나 마탑의 지부까지 존재하는 대도시였다.

　총 인구는 약 50만 정도.

　군단 주둔지라 오고 가는 병사들과 상인, 용병들로 인하여 언제나 북적이는 곳.

　장성이 완벽하게 건설되어 가동되었기에 과거처럼 흥청거림은 없을 것이다.

　용병들이 장성 벽 너머에서 마탑이나 상인들의 부탁을 받고 잡아오는 몬스터나 각종 희귀식물들이 줄어들 것이 분명했다.

　그러나 20만이 넘는 제국군과 그들에게 생필품과 각종 물품을 공급하며 살아가는 이들이 있기에 데론의 활기참은 사라지지 않을 것이리라.

　"아르테온 형!"

　"와아! 형! 살아 돌아온 거야?"

　"아르테온 형이 돌아왔다!"

　성문 앞에 서서 호객하던 아이들과 저 멀리서 구걸하던 몇몇 아이들이 나를 발견하고 몰려왔다.

　'자식들, 너희들밖에 없다.'

　3년 넘게 살다 보니 데론 성에 사는 어지간한 집단 아이들은 알게 되었다.

아버지를 모르는 창녀의 자식이거나 부모를 잃은 고아, 배고픔에 직접 생활전선에 뛰어든 아이들은 각종 어둠의 길드에 속해 있었다.

그런 아이들과 용병질을 하는 나는 필연적으로 알고 지낼 수밖에 없었다.

보기에는 꾀죄죄하고 비루해 보이지만 중요한 정보를 물어올 때가 많았다.

용병계에서도 확실한 정보는 바로 돈으로 직결되었기에 저런 아이들과는 알고 지내는 게 좋았다.

더욱이 나조차 집 없고 부모 없는 신세.

같은 아픔을 지니고 있으며 미래에 할 짓이라고는 용병이나 거지 길드, 도둑 길드나 정보 길드 같은 어둠 계열 길드에 들어갈 수밖에 없는 아이들에게 다른 용병들처럼 막 대하지 않았다.

이렇게 짭짤한 용병 수입을 올리고 돌아온 날이면 아이들을 위하여 길가에서 파는 따뜻한 먹을거리를 사주었다.

"하하, 형이 살아온 게 정말 좋아?"

"그럼요. 형은 우리의 영웅이잖아요!"

"아르테온 형! 진짜 보고 싶었어요!"

추운 날이건만 나무로 만들어진 신을 신고 이곳에서는

흔한 가죽장갑이나 발싸개도 없이 해맑게 웃는 아이들.

어느새 남루한 옷차림의 20여 명의 아이가 내 주변으로 몰려와 생존을 축하해 주었다.

"그래, 네놈들 마음 고맙게 받을 테니 어서 가서 아쉴라 아주머니의 따끈한 고기 빵을 마음껏 먹어라!"

"와아아! 아르테온 형, 진짜 멋있어요!"

"형, 고마워요!"

언제나 허기지고 배고픈 아이들.

사실 정확한 이름을 아는 녀석은 별로 없었다.

코찔찔이, 머리통 빵구, 왼쪽 눈썹 짝퉁 등등으로 불리는 아이들이었다.

부모의 관심과 보살핌 대신에 스스로 생존해야 함을 터득한 저놈들에게 가끔씩 이리 음식을 마음껏 베풀어 줌이 나의 자비의 한계였다.

아니, 나를 위하여 그리하고 있었다.

그 누구도 자축해 주지 않는 귀환.

아이들의 환호를 받으며 성에 들어서는 기분은 나쁘지 않았다.

"줄을 서라~ 줄을 서~ 원, 녀석들 하고는⋯⋯."

성문 왼쪽으로 각종 먹을거리를 파는 간이음식점이 보였다.

성에 들어서자마 허기진 이들을 유혹하는 향긋하고 먹음직스러운 음식 냄새.

갓 만들어낸 보리빵 안에 고기 소시지 하나 넣어 파는 아쉴라 아주머니의 음식은 여기 사람들이 즐겨 먹는 특별식이었다.

특히 저 아이들 같은 경우에는 아무 때나 먹을 수 없는 귀한 먹을거리.

이런 추운 겨울 날 배를 든든하게 채워주는 고기빵은 저 아이들에게 신이 내려준 정찬이나 다름없었다.

"늦게 돌아왔네."

"그렇게 됐습니다."

"돌아온 용병들이 별로 없어서 걱정했어. 하르케니스는 벌써 돌아와 유리크의 별장에서 매일같이 술 마시고 놀고 있다는데……."

사람 좋은 미소를 짓는 아쉴라 아주머니.

3년 전 내가 처음 이곳에 들어와 알게 된 데론 성의 인연자다.

소년티를 갓 벗고 용병패 하나 들고 돈을 쫓아 들어왔던 나를 향해 고기빵 하나를 선뜻 내밀던 아쉴라 아주머니.

돈을 주어도 받지 않았다.

그저 빵을 먹는 내 모습을 보고 눈물을 훔치던 아쉴라 아주머니.

후에 알게 되었다.

그녀의 어린 아들이 아쉴라 아주머니가 병이 들어 일을 할 수 없자 용병에 자원하여 영원히 돌아오지 않는 강을 건넜다는 사실을 말이다.

그렇지만 아들에 대한 미련을 버리지 못하고 언제나 성문 앞에서 장사를 하는 아쉴라 아주머니.

"여기 있네."

그 이후로 언제나 데론 성에 들어오면 아쉴라 아주머니의 고기빵을 먹었다.

"형, 잘 먹을게요."

"변태 엘프가 형을 놓고 대규모 도박을 벌였대요."

고기빵을 하나둘씩 받아 든 아이들이 중요한 정보를 알려주기 시작했다.

"도박?"

"헤헤~ 형이 돌아올지 안 올지를 걸고 내기를 했어요."

"크으!"

완전 비겁하고 때려 죽여도 시원찮을 변태 엘프 새끼.

나를 버리고 떠난 것도 모자라 소중한 내 목숨을 놓고 도박질을 벌였다.

"아주머니, 계산은 잠시 후에 해드릴게요. 아이들에게 넉넉하게 주세요."

식으면 먹기 거북한 거칠고 딱딱한 보리빵이지만 아쉴라 아주머니가 갓 만들어내는 보리빵은 어느 빵보다 맛있었다.

거기에 직접 만든 소시지는 별미 중의 별미.

입에 한 움큼 베어 물고 주점 유리크의 별장으로 향하였다.

지금 씹고 있는 빵이 하르케니스의 살점이라도 되는 양 아주 잘근잘근 씹으면서 말이다.

Chapter 04

계약과 분배

덜컹.

힘차게 유리크의 별장이라 불리는 주점 문을 열었다.

서부 대장성의 성문을 열고 데론 성까지 오는 군단 마차를 얻어 타고 도착한 시간은 어느새 점심을 훌쩍 넘은 시각.

성문 앞에서 잠시 시간을 보냈지만 지금 이 시각이라면 용병들이 슬슬 깨어나 아침 해장 수프를 마시고 활동할 시간이었다.

휘이이이이잉.

조금은 허름하지만 데론 성에서 나름 명물로 알려지고 주 주거지로 사용하는 유리크의 별장.

뒷골목에 여관을 겸한 2층짜리 목조건물의 주점 문을 열자 따뜻한 내부 공기를 쫓아내며 차가운 겨울 기운이 안쪽으로 치고 들어갔다.

"으으! 추워!"

"어떤 개새끼야!"

"야! 대가리를 도끼로 조져 버릴라! 빨리 문 안 닫아!"

'꼴들 하고는…….'

익숙한 용병들의 모습들.

밤새워 술을 퍼마시고 탁자와 바닥에 집 나온 개처럼 쓰러져 안주와 술 찌꺼기를 얼굴에 범벅으로 칠하고 자던 용병들이 추위에 놀라 욕을 날려 왔다.

"니들 많이 컸다? 후후."

차갑게 비웃음을 날리며 안으로 들어섰다.

쿠웅!

잡고 있던 손을 놓자 바람에 못 이겨 문이 힘차게 닫혔다.

"허, 허억!"

"아, 아르테온!"

"엄마야!"

내가 등장하자 깜짝 놀라는 용병들.

"왜, 살아서 돌아오니까 죽은 엄마를 보는 것처럼 반가워?"

"……."

내 농담에도 웃지 않고 썩은 돼지 간처럼 얼굴을 딱딱하게 굳히며 입을 멍하니 벌리는 약 스무 명의 용병.

"참 고맙다. 그래도 한때는 네놈들과 생사를 같이한 전우라 생각했건만 이제는 그런 어설픈 감정 따위를 모두 날려 주었으니 말이야."

뚜벅뚜벅.

천천히 걸음을 옮겨 주점의 중앙으로 옮겼다.

'오르크 창에 찔려 2박 3일 동안 피 흘리다 뒈질 배신자들! 날 버리고 도망쳐?'

그러했다.

지금 멍청하게 내 등장을 바라만 보고 있는 용병들은 나와 하르케니스와 함께했던 동지들이다.

비록 용병 길드는 아니 만들었지만 언제나 생사를 나누던 나름 친했던 용병들.

용병계에서는 나이보다 실력이 우선이었기에 용병들에게 반말을 꽉꽉 던졌다.

"미, 미안해……."

"하르케니스가… 내기를 하자고 해서……."

'역시 변태 엘프 새끼가 주동자였어.'

나름 용병계에서는 착하고(?) 열심히 살았던 나다.

다른 놈들과 달리 상처 입은 놈들을 버리지 않았고 능력 없는 놈들도 웬만하면 끌고 다니며 밥값하게 만들어주었다.

여기 술에 찌들어 있는 용병 놈들 대다수가 나의 은혜를 입었다.

포스를 다루지도 못하는 어설픈 삼류 용병들을 나처럼 대해주는 이는 없었다.

"엘보크, 무슨 내기였는데?"

확실한 증거를 잡기 위하여 무슨 내기냐고 물었다.

"그게……."

은근한 질문에 얼굴에 털이 반절인 엘보크가 눈동자를 굴리며 조심스럽게 입을 열었다.

"오오오! 나의 신이 허락한 유일한 내 영혼의 동반자이자 정의롭고 용맹한 나의 친구 아르테온~ 다시 만나서 반갑도다!"

'하르케니스!'

이 층 객실 난간에서 어느새 모습을 보이는 왕 재수 잡종 엘프.

'양심도 없는 비열한 잡종 엘프 새끼!'

신이 허락한 유일한 영혼의 동반자라고 입에 꿀 칠을 하며 나를 반긴다.

"호오, 친구여~ 자네 하프 엘프 세계에서는 영혼의 동반자를 적들의 손에 넘기고 이렇게 홀로 세상의 즐거움을 맛보아도 아무도 욕하지 않던가?"

하르케니스의 말투를 따라 하며 욕 처먹지 않느냐고 넌지시 질문을 던졌다.

차락.

말을 하면서도 검병에 자연스럽게 손을 잡아갔다.

여차하면 달려들어 저 잘난 잡종 엘프의 얼굴에 우정을 배반한 정의를 실현하려 하였다.

"무슨 소리인가? 친구를 적의 손에 넘겨두고 어찌 즐거움을 누릴 수 있단 말인가? 친구여, 오해를 풀라! 이곳에서 너의 무사 귀환을 바라며 얼마나 많은 슬픔과 안타까움의 술잔을 기울였는지 아는가? 고맙다! 아무 탈 없는 너의 귀환을 위해 오늘 모든 신전의 신들께 감사의 인사를 올릴 것이리라!"

'저 새끼, 어떻게 저렇게 뻔뻔할 수가 있지? 아무리 인간과 엘프의 잡종이라지만 당체 종잡을 수가 없단 말이야.'

웃으면서 코 베어간다는 그란트 왕국 연합 출신 상인들

과 쌍벽을 이루는 엘프의 뻔뻔함에 할 말을 잃어버렸다.

필요에 의하면 신들도 팔아먹는 저 뻔뻔한 엘프 놈.

"하아, 자기~ 벌써 일어났어?"

하르케니스가 방금 나왔던 방문이 열리며 우윳빛 상체가 거의 드러난 유리크의 별장 주점의 안주인 이사베르가 하르케니스의 등을 부드럽게 껴안았다.

'슬픔과 안타까움의 술잔을 기울여? 크크크. 밤새 뼈와 살이 타는 고통을(?) 즐겼겠지!'

한두 번 겪는 것도 아니고, 엘프의 번드르르한 말에 넘어 가지 않았다.

"얼마야?"

씨익 입가에 비웃음 하나 던지며 멍하니 보고 있는 용병 들을 향해 얼마냐고 물었다.

"……."

갑작스러운 질문에 멍청하게 눈을 껌벅이는 용병들.

"내 귀환을 놓고 내기한 놈들 탁자 위에 내기 금액을 올 려놔! 만약 동전 한 닢이라도 틀릴 경우 화끈하게 이 검으 로 손목을 잘라주겠어!"

창!

가차없이 검을 뽑아 들었다.

술 취한 나를 남겨두고 엘프의 꼬드김에 넘어가 내 귀환을 놓고 내기를 걸었을 염병할 용병 놈들.

어차피 한 달이 가기 전에 피 흘리며 벌었던 돈 모두를 계집과 술에 빨려 버릴 썩은 영혼들에게 거둬들일 생각이었다.

"내 말이 말 같지 않아! 썅!"

파아앗.

경고가 끝나기가 무섭게 번쩍하며 검에 깃드는 포스 블레이드.

휘이익.

파삭~

가볍게 휘둘러 나무 의자 하나를 가볍게 베어버렸다.

"아, 알았다고. 주면 될 거 아냐."

"쳇, 또 하르케니스에게 속았어."

"젠장, 이번에는 확실히 뒈질 줄 알았는데……."

달그락달그락.

협박이 끝나기가 무섭게 탁자 위에 제국 금화를 비롯해 은화와 각종 돈이 반짝이며 놓여졌다.

"어이~ 아크레스, 자네는 금화 하나하고 은화 세 닢이잖아. 은화 하나가 부족해. 킬트, 3루크가 부족하잖아."

야릇하게 여인에게 안긴 채 눈을 빛내며 탁자 위에 쌓여 있는 돈을 빠르게 계산하는 잡종 엘프.

"알았다고. 주면 될 거 아니야!"

"으아! 어떻게 빠져나온 거야? 분명 이루카카 전사 놈들이 성을 포위한 걸 확실하게 봤는데."

"이게 벌써 몇 번째야. 어떻게 아르테온은 사지에서 잘도 살아 돌아오는 거야!"

돈을 잃자 열 받은 용병들이 씩씩거리며 내가 죽지 않음을 원망하였다.

"하하, 내가 말했지 않는가. 내 사랑스러운 친구는 생명의 여신 루코페아님께 축복을 확실하게 받고 태어났다고 말이야."

'뻔뻔한 놈!'

친구라 부르며 친구 목숨을 가지고 벌써 몇 번째 도박판을 벌인 사악한 흑마법사의 형님 같은 엘프 놈.

차랑, 차랑, 차랑.

가차없이 입고 있는 망토를 벗어 탁자 위에 놓여 있는 돈을 거둬들였다.

'많이도 걸었네. 흐흐흐.'

반짝반짝 빛나는 제국 금화와 은화 그리고 다크렌과 루크까지 싹싹 긁어모았다.

물경 금화가 30개가 넘게, 은화가 그 배 이상에 잡동전까지. 금세 부자가 되었다.

'죽어도 난 안 죽어!'

내 목숨 값에 비하면 터무니없이 적었지만 그래도 짭짤한 부수입을 올렸기에 기분이 급격히 좋아졌다.

"다음부터는 절대 내 목숨 가지고 장난질하지 마라. 내가 다른 건 몰라도 목숨 줄 하나는 오우거 힘줄보다 굵으니까."

어차피 내가 아니어도 얼마 가지 않아 헛되이 날려 버릴 돈.

'고맙다. 이렇게 안 도와줘도 되는데… 크크.'

"어이~ 이사베르 누님, 여기 패배자 용병님들께 진하게 한 잔씩 돌려주세요."

팅!

거둬들인 금화 하나를 빠르게 던졌다.

탁!

먹이를 채는 재빠른 독수리처럼 금화를 받는 이사베르.

"호호, 아르테온은 언제 봐도 멋쟁이라니까!"

찡긋거리며 가슴 뜨거워지는 윙크를 날리는 이사베르.

용병들 틈에서 주점을 운영하기 힘들 것이건만 여인의 몸으로 잘도 버텼다.

그것도 한 미모, 한 몸매 하는 쭉쭉 빵빵 미인인 채 말이다.

'언제 봐도 가슴 하나는 빵빵하다니까.'

성년이 넘었지만 아직은 순결한 육체를 소유했다.

변태 엘프의 꼬드김에도 넘어가지 않고 온전히 소유하고 있는 고귀한 정조.

하르케니스를 뒤에서 안고 있는 이사베르의 새하얀 살결과 살짝 삐져나와 있는 가슴을 힐끔 바라보았다.

남자라면 당연한 현상.

아직 숫총각이지만 고매한 정신을 소유하고 있기에 동정을 유지함이 아니었다.

죽기 살기로 바쁘기도 하였고, 아직 내 마음을 온전하게 감동시켜 줄 여인을 만나지 못하였기에 함부로 몸을 굴리지 않았다.

적어도 내 첫 순정은 사랑하는 이와 함께하고 싶은 타락한 이 시대의 마지막 남은 고결한 사랑실천주의자이고 싶었다.

"고마워, 아르테온~"

"흐흐흐, 그럼 다시 한 번 마셔볼까!"

"이래서 아르테온을 미워할 수 없다니까. 크크."

'띨띨이 용병들 같으니라고. 에휴, 니들 덕분에 내가 먹고산다.'

가족도 가정도 거의 없는 용병들에게 미래가 있을 턱이

없었다.

몬스터와 적을 상대로 피 튀기는 삶을 살아온 용병들에게 있어 평범한 삶은 지옥 그 자체일 것.

애써 가정을 이루더라도 얼마 지나지 않아 용병계로 다시 돌아왔다.

방랑벽과 함께 피에 박혀 버린 뜨거운 전율을 잊을 수 없었다.

죽는 순간까지 영원히 말이다.

그렇기에 대부분 용병들은 저렇게 살았다.

돈이 있으면 먹고 마시며 계집을 찾고, 돈이 떨어지면 목숨과 무기를 밑천 삼아 세상을 헤매었다.

세상 누가 뭐라 해도 말릴 수 없는 치열한 운명을 타고난 자들.

가끔 미래없는 그들의 모습이 안타까웠지만 아무 말도 하지 않았다.

어차피 용병들도 그런 자신들의 미래를 충분히 알고 있기에 굳이 말할 필요가 없었다.

세상이 원하여 스스로 택한 사냥개의 운명.

사냥이 끝나는 순간까지는 자유를 얻기에 용병들도 행복함을 느낄 때도 있었다.

귀족가에 얽매인 농노나 평민들보다는 그래도 자유스러

윘기에.

"금화 15개, 은화 31개, 7다크렌 5루크."

'쳇, 언제 다 본 거야?'

정확히 거둬들인 금액의 반절을 말하는 하르케니스.

엘프의 눈썰미는 언제 봐도 정확했다.

촤라라락.

망토에 있던 피 같은 돈을 엘프에게 건네주었다.

"고마워, 친구~"

'썩을 그놈의 계약만 아니었어도…….'

당장 달려들어 날 버린 변태 엘프의 잘난 얼굴에 한 방 날려야 하건만 그럴 수 없었다.

서부 고원 대륙으로 떠나기 전 엘프와 맺었던 계약 하나.

살아생전 하르케니스와 연관된 모든 수입은 정확히 반절로 나눈다는 계약.

두말없이 승낙하였다.

쓸 만한 정령수도 부릴 줄 아는 최강 엘프 전사의 제안을 거절할 멍청한 용병은 없었다.

그리고 상상할 수 없는 수익을 얻었다.

서부 고원 대륙의 전사들에 대하여 잘 알고 있는 15군단

군단장 이하 귀족들.

남부에서 징발한 병사들과 함께 버텨야 했기에 용병들을 최대한 활용하였다.

바보 같은 병사들과 기사들을 투입했다가는 한 달도 못 버티고 군단이 사라질 것을 알기에 무리해서 용병들을 확보하였고, 충분히 활용하였다.

그 덕분에 정찰에 수시로 참가하여 마음껏 전리품을 획득했다.

다른 건 없어도 금광이 풍부한 서부 고원 대륙의 각 부족 전사들은 몸에 황금을 넉넉히 소유하고 있었다.

용맹한 전사일수록 황금 장식이 많기에 전사들을 만나는 족족 확실하게 털었다.

그렇게 획득한 전리품은 정확히 나누었다.

지금처럼 단 한 푼도 예외를 허락하지 않는 엘프 하르케니스.

돈 계산은 아주 철저했다.

'그래도 저 자식 덕분에 한밑천 잡았잖아.'

포스를 다룰 줄 알기에 내 용병 등급은 3급이었다.

하르케니스는 포스에 놀라운 궁술, 정령수를 활용할 수 있기에 2급 판정을 받았다.

확실하게 나에게 훨씬 유리한 조건이었다.

그러나 가끔씩 내 목숨을 가지고 용병들과 내기를 할 때마다 속이 뒤집어졌다.

특히 이번 오팔르 요새 사건은 신의 은총이 아니었다면 살아남지 못했을 것이다.

"그런데 나의 오른팔과 같은 친구여."

유리크의 별장에서 1년 치 선불을 내고 사용하는 자신의 방에서 무언가 야릇한 표정을 짓는 잡종 변태 엘프.

'설마……'

"무언가 알 수 없는 고귀한 돈 냄새가 왜 너에게서 나는 건가?"

'헉! 역시 개코다!'

오팔르 요새의 지하 석실에서 그냥 나오지 않았다.

상당히 돈이 될 것 같은 마법 금속함과 발광마정석을 들고 왔다.

천장에 박혀 있는 발광마정석을 빼기 위하여 방 안에 있던 침대와 각종 가구를 이용하여 모조리 빼내었다.

그 숫자가 열 개.

지난 1년간 벌어들인 수입보다 더 많은 부수입.

마탑 지부에 팔 예정인 마법 금속함이 얼마나 가격이 나갈지 몰랐다.

"무슨 소리야? 돈 냄새라니? 어디?"

겨우내 한 번도 빨지 않는 가죽 망토를 킁킁거리며 맡았다.

"흐음……."

내 행동을 조용히 바라보는 변태 엘프 놈.

'뭘 봐, 이 변태 엘프 놈아!'

의리는 눈곱만치도 없으면서 챙길 건 다 챙기려 하는 엘프 놈.

허여멀건 피부에 살짝 치솟아 있는 은빛 눈썹이 오늘따라 더 빵맛이었다.

"친구여, 널 믿겠다."

'믿긴, 개뿔을 믿어라.'

술에 취해 용병 놈들과 내 목숨을 가지고 도박질을 한 엘프 놈의 믿는다는 말에 어이가 없었다.

살려 달라 애원하는 나를 버리고 자신의 정령수와 함께 날아가던 비겁의 대명사 하르케니스.

"하하, 그럼~ 나 아니면 누굴 믿겠는가, 내 사랑하는 친구여~"

나를 버리고 도망칠 때는 패 죽일 놈의 엘프였지만, 어차피 살아났고 짭짤하게 수입도 올렸기에 통 큰 마음으로 용서해 주었다.

어차피 용병 세계에서 의리는 수십 번 삶아버린 돼지 뼈 수프만큼 엷었기에 과거는 잊었다.

'엘프여, 이제는 안녕이다.'

지금껏 모아놓은 자금이면 내가 원하는 제국 황실 기사 학교에 입학할 수 있었다.

더 이상 목숨 걸고 의리 없는 용병들과 함께할 이유가 없었다.

어느 이름 모를 몬스터나 서부 고원 대륙의 전사들에게 잡혀 아직 피지도 못한 인생을 그만두고 싶지 않았다.

"그런데… 나의 신실한 친구여, 무언가 달라지지 않았나?"

"뭐가?"

"바람의 힘이 더 강하게 느껴져 온다."

'정말 엘프의 눈이 무섭다더니.'

정확하게 짚어내고 알아내는 하르케니스.

"그야 당연한 것 아닌가. 죽을 고비를 넘겼더니 무언가 알 수 없는 힘이 몸에 들어찬 것 같다. 더욱이 친구 너도 알다시피 나의 가문은 바람의 대정령사를 배출했던 위대한 바람의 일족. 이상할 것 하나도 없다."

"흐음……."

내 설명에 턱에 손을 괴면서 조용하게 콧바람을 내는 하르케니스.

"날 믿어라. 어찌 진실한 친구인 내가 고귀한 엘프의 피를 이어받은 대정령사가 될 널 속일 수 있단 말인가."

항상 입에 꿀 바른 엘프와 함께했더니 내 입술에서도 꿀이 묻어났다.

내가 생각하는 내 어릴 적 모습은 시와 문학과 하프를 사랑하며 멋진 여인과 행복한 미래를 꿈꾸던 그런 귀족가의 평범한 소년이었다.

그러나 지금은 폭력과 보이지 않는 음모가 난무하는 용병계에서도 충분히 살아남을 만큼 거친 잡초가 되어 있었다.

"알겠다, 친구여~ 난 처음부터 널 믿었고, 앞으로도 내 이름만큼 널 소중하게 여길 것이다."

'푸하하하하! 이름만큼? 에라이, 이 노망난 엘프 할배야!'

정확히 하르케니스의 나이를 알지 못했다.

용병계에 투신하기 전까지는 뭘 했는지 알 수 없는 하르케니스의 과거.

그러나 지금껏 말한 바를 종합해 보건대 적어도 100살은 되었을 것.

하르케니스가 첫사랑에 실패만 하지 않았다면 나 같은

증손자가 있을 것이리라.

"고맙다!"

길게 말할 필요가 없었다.

밖으로 나가 처리해야 할 일이 많았다.

길드를 찾아가 제국군에서 지급된 추가 지급금도 수령해야 했고, 마탑 지부에 찾아가 발광마정석을 비롯하여 마법 금속함도 팔아야 했다.

그리고 머나먼 전선까지 찾아와 전리품을 사갔던 아르코안 상단을 방문하여 계산도 끝내야 했다.

"저녁에 만나도록 하지."

"알겠다, 친구여."

'저 자식은 나이도 어린 인간하고 친구를 왜 먹고 싶은 거야?'

다른 용병들과 달리 유독 나만 친구라 부르는 하르케니스.

예전에 한 번 물은 적이 있다.

왜 나만 친구로 여기느냐고 말이다.

그때 하르케니스는 말했다.

미래에 대한 투자라고.

'날 뭘 믿고 투자한다는 거야?'

이해하려 해도 이해할 수 없는 변태 잡종 엘프 하르케

니스.

넉살 좋게 친구라는 말을 던지며 싱긋 미소를 날렸다.

'저러니 여자들이 빽빽 가지.'

나도 평범한 얼굴은 아니었다.

2데랑을 넘는 하르케니스에는 못 미치지만 제법 큰 키에 나올 데는 나오고 들어갈 데는 들어간 아름다운 근육을 소유한 미남자다.

파란 가을 하늘을 닮은 밝고 투명한 연푸른 머릿결.

남자다운 눈매와 단단한 입매, 상처 하나 없는 매끈한 얼굴은 마주치는 여인들이 얼굴을 붉히며 다시 되돌아볼 정도다.

그러나 엘프의 피를 이어받은 하르케니스 앞에서는 미적 기준을 들이댈 수 없었다.

인간과 엘프의 피가 섞인 하프 엘프는 엘프들보다 더 매력적이라는 말처럼 진짜 멋있었다.

널리 인간 여인을 이롭게(?) 하여 온 세상을 하프 엘프 종족으로 만들겠다는 야심찬 계획만 품지 않는다면 완벽하게 멀쩡한 존재였다.

끼이익.

엘프의 미소를 뒤로하고 방문을 나섰다.

차락.

분배를 끝내고 남은 돈은 모두 가죽 주머니에 넣은 상황.

가죽으로 만든 망토를 둘렀다.

바깥은 뼈를 에일 정도로 시린 겨울이었기에.

Chapter 05
헤론트 길드장

스르륵, 스륵, 스륵.

'지겹게도 내리네.'

유리크의 별장에서 나오자마자 멈췄던 눈이 내렸다.

겨울이 시작됨과 동시에 지겹게도 내리는 눈발.

침묵의 바다와 용사의 바다 사이에 끼어 있는 히모르 산맥은 습기가 많아 대륙 그 어디보다 폭설이 내리는 곳이다.

많을 때는 한번 내리면 어른 키 정도까지 퍼붓는 지옥의 협곡 부근.

포스를 다루지 못했다면 눈에 갇혀 죽을 수도 있었을 것이다.

　하르케니스와 내가 만든 길고 빠르게 빠져나올 수 있는 특수 설피와 포스로 몸을 보호하며 가볍게 하지 않았다면, 키 높이만큼 쌓여 버린 장성 너머의 눈 속에 갇혀 얼어 죽거나 배고픈 몬스터의 간식으로 전락하고 말았을 것이리라.

　'그래도 안전한 곳에서 보니 용서해 준다.'

　전장에서는 눈이 내리면 아주 고생이다.

　제국군이 서부 고원 대륙에 출병했을 때도 눈 내리기 전에 모두 철수하는 것이 계획이었다.

　많은 눈이 내리지만 특이하게 겨울 초반에는 별 눈이 내리지 않았다.

　이렇게 해가 바뀐 시간부터 무지막지하게 쏟아붓는 굵은 눈송이.

　이루카카 전사들이 서둘러 점령한 오팔르 요새를 버리고 되돌아간 이유도 그것이었다.

　그들도 바보가 아니기에 제국이 자신들을 막기 위하여 거대한 장성을 쌓아 대비하고 있으며, 이렇다 할 군량을 조달할 응집력이 없음을 스스로 알기에 되돌아간 것이다.

　그렇기에 서부 고원 대륙 전사들이 대륙을 침공하는 시기는 눈이 녹기 시작하는 봄부터 가을까지였다.

과거에는 가끔 허를 찌르고 겨울에도 공격해 왔지만 장성이 건축되고 있는 요 몇 년 사이 그런 무식한 공격을 퍼붓지 않았다.

다만 서부 고원 대륙 부족 전사들보다 배고픔에 뛰쳐나온 몬스터들이 더 문제.

대형 몬스터 급들은 단 몇 번의 도약으로도 장성 벽을 넘을 수 있을 정도로 대단하였다.

거기에다가 태어난 지 5년이면 한 마리의 완벽한 오르크 전사로 성장하는 오르크들.

가장 많은 숫자에, 자체적으로 갑옷과 무기를 제작할 수 있을 정도로 지능도 존재했다.

비록 포스를 사용하지는 못하더라도 탄력적인 근육과 몬스터 특유의 흉포성이 더해져 제국 정병 서너 명이 한 마리를 상대할 수 있을 정도다.

카로크안 제국이 대륙을 정벌하기 전까지는 히모르 산맥이 아니라 대륙 곳곳에서 출몰했던 몬스터계의 용병들.

제국의 정치력과 군사력이 예전만 못한 오늘날에 다시 준동하고 있었다.

번식력이 남달라 한 번에 대여섯 마리를 생산하는 오르크 암컷.

용병들 사이에서도 몇 년만 이대로 흐른다면 지금처럼

대륙을 횡단하는 일은 불가능할 것이라는 말이 흘러나왔다.

'떠나려 하니 서운하네.'

눈이 장성 안쪽에 더 내리기 전에 떠나야 했다.

자칫 잘못하다가는 고립되어 몇 달을 허비할 수도 있었다.

사박사박.

유리크의 별장이 존재하는 골목길에서 대로로 들어섰다.

어깨에 내리는 눈발의 무게를 즐기며 나서는 대로.

"히럇!"

두두두! 두두두두두두!

'어떤 새끼들이야!'

기분 좋게 대로로 나서는 순간 저 멀리서 달려오는 일단의 말들.

서부대군단 사령부가 존재하는 데론 성은 상당히 컸다.

지옥의 협곡에 위치한 오팔르 요새가 전초기지이자 최전 방이라면 이곳 데론 성은 무너지지 말아야 할 서부 지역의 중심지.

과거부터 곳곳에서 전해져 온 위기 소식에 대군단 소속 기사단과 마법사, 정령사들을 파견한 제국군의 핵심 전략지였다.

장성이 완성된 지금에서는 그 역할이 많이 줄어들었지만 군단 사령부가 차지하는 위치로 인하여 중요성은 그리 떨어지지 않았다.

그렇기에 둘러싸고 있는 15크랑의 성벽 안에는 군단 사령부와 귀족들이 머무는 대저택, 대륙 4대 마탑과 상단들의 지부, 각종 길드와 음식점, 숙박업소, 각종 상점이 빼곡하게 들어차 있었다.

그런 데론 성의 중심부를 관통하는 대로에 무식하게 말을 몰고 달려오는 일단의 존재들.

"제, 제국 황실 근위기사!!"

입에서 나도 모르게 터져 나오는 놀람의 탄성.

두두두두두두두!

거침없이 대로에 쌓인 눈발을 사방으로 날리며 거칠게 질주하는 100여 기의 기마대.

제국 황실 근위기사임을 상징하는 황금 쌍독수리 문양이 심장에 각인되어 있고 달려가는 속도를 이기지 못하고 힘차게 붉은 망토를 펄럭이며 달려왔다.

쿵! 쿵! 쿵!

심장이 대책없이 뛰었다.

모든 대륙의 남자라면 선망하는 카로크안 제국 황실 근위기사.

오직 황명만을 받으며 황실과 제국의 안위를 위하여 어지간한 귀족까지 처단할 수 있는 대단한 권력과 밝은 미래를 소유한 제국의 영웅들.

황실에서 하사받은 은빛 일색의 일체 무구.

미스릴 합금 마법 갑옷과 붉은 황금 깃이 달린 투구, 같은 재질인 미스릴 합금으로 제작된 마법검까지.

마법과 정령력, 포스를 비롯한 일체의 물리적 공격을 막아낼 수 있는 극상의 방어구와 검.

황실 근위기사 한 명이 소유한 무구의 값만 해도 제국 화폐로 금화 2천 개 정도의 값어치.

평민 한 가정이 200년을 먹고살 수 있는 엄청난 재화가 저 무구 값이었다.

그러나 황실 근위기사가 값나가는 무구로 도배했다고 해서 그 이름값이 대륙을 떨게 만드는 것은 아니다.

'전원 포스 블레이드 상급 이상의 실력자들. 단장을 비롯하여 무려 열 명 이상의 포스 마스터를 보유한 전무후무한 능력자 집단!'

포스 유저들은 포스 블레이드를 사용하였다.

실력있는 기사가 되기 위해서는 어릴 적부터 포스를 사용해야 했다.

검에 포스를 담아 어지간한 물체를 베어낼 수 있는 능력을 소유한 자들이 바로 포스 블레이드를 사용하는 이들이었다.

물론 포스를 사용한다 해서 전투 중에 무적은 아니었다.

검술과 여러 신체적 훈련 능력이 뒷받침해 주지 못한다면 허접한 용병의 도끼질에도 머리통이 박살 날 수 있었다.

그러나 그와 반대로 어느 정도 실력이 뒷받침되는 자들은 포스를 사용함으로써 일반 병사와 용병들에게는 강자로 군림했다.

더욱이 포스 오러 블레이드를 사용하는 포스 마스터는 차원을 달리했다.

포스를 사용하는 기사들과 보검이 아닌 어지간한 무기들은 단칼에 베어버릴 수 있는 능력자들이 바로 포스 마스터였다.

물론 포스 마스터도 절대 강자는 아니었다.

역사상 대단한 포스 마스터라고 해도 자신이 소유한 포스를 남용하여 전투를 벌이다 죽은 이들이 한둘이 아니었다.

하지만 7서클 대마법사, 고위 정령사와 함께 전세를 단박에 역전시킬 수 있는 비장의 존재들이 바로 포스 마스터였다.

알려진 대륙의 포스 마스터가 30여 명이 갓 넘는 수준에서 황실이 보유한 열 명의 마스터의 숫자는 귀족들의 반란이나 타 왕국에 대한 전쟁 억제력으로 작용했다.

'멋지다!'

이곳에 있으면서 포스 마스터들과 실력있는 기사들을 수시로 보아왔다.

제국에서 가장 위험한 전장에 파견된 귀족과 기사들이 어중이떠중이일 리 없다.

그러나 내 심장을 강렬하게 뛰게 만드는 이들은 드물었다.

제국 황실 근위기사단과 기껏해야 바람의 고위 정령사 정도.

그중에서도 가장 현실감 넘치고 내 꿈을 이룰 수 있는 목표로 삼기에 충분한 황실 근위기사.

두두두두두두두!

내가 바라보고 있는 것도 알지 못하고 바람처럼 붉은 망토와 은빛 갑주를 착용한 채 지나쳐 갔다.

마법으로 인하여 겨울과 여름에도 전혀 추위와 더위를 타지 않는 마법 갑옷.

어설픈 마법과 공격은 그냥 갑옷 자체의 방어력으로 막아내는 엄청난 놈.

꿀꺽.

커다랗게 떠진 눈이 감아지지 않았다.

'일체형… 방패!'

확대된 동공 사이로 보이는 기사들의 왼팔.

작은 접시만 한 물체가 왼팔 건틀릿 위에 보였다.

마법 갑옷에나 존재하는 일체형 방패.

일반 기사들과 달리 방패를 들고 다닐 필요가 없었다.

마법 공학이 만들어낸 총아.

사용자가 작동 장치를 누르고 포스를 불어넣으면 멋들어진 방패가 등장했다.

함유된 미스릴과 마법 기술에 따라 능력이 달라지지만 기사들이 들고 다니는 어지간한 마법 처리된 방패와 차원을 달리했다.

전투가 펼쳐지면 순식간에 좌라락 펴지며 상체 일부를 완벽하게 가려주는 일체형 방패의 효용성.

안타깝게도 용병인 나는 사용할 수 없었다.

제국법에 의하여 작위를 받은 기사들만 사용할 수 있도록 정해져 있었다.

웬만한 미스릴 검과 갑옷은 구할 수 있어도 저렇게 일체형 방패가 달린 마법 갑옷은 함부로 용병이나 평민은 구입하지 못했다.

혹시 모를 반란이나 무력 행동을 사전에 차단하고자 하

는 제국 황실과 귀족들의 꼼수.

'언젠가 나도 반드시 착용하고 말겠어!'

미스릴 합금과 마법의 도움으로 지금 내가 착용하고 있는 가죽 갑옷보다 더 가볍고 활동성이 편안한 제국 황실 근위기사의 마법 갑옷.

두두두두……!

그들은 눈 먼지를 상큼하게 나에게 날려주며 사라져 갔다.

서부대군단 사령부가 존재하는 내성을 향해서 힘차게 말이다.

"어여~ 아르테온, 이번에 죽다 살아났다며?"

"크크크, 정말 자네는 루코페아님의 축복받은 아들이라니까."

'축복? 지랄하고 있네.'

하나뿐인 목숨 가지고 장난하고 싶지 않았다.

건들거리며 3층의 용병 길드 석조 건물 앞에 서 있는 10여 명의 용병.

얼굴에 지렁이 흉터 하나씩을 자랑처럼 그려 놓고 있는 용병들이 나를 보고 신기해했다.

그들에게도 퍼진 내 생존을 놓고 벌인 도박.

성문에서 소식을 전하는 꼬맹이들이 용병들에게 모두 다 전한 것이리라.

　"그럼 내일 나와 함께 에피온 잡으러 갈까? 델코, 비토르 우리 셋이 함께 말이야."

　3년의 세월 동안 살아남은 역전의 용병들에게 제안을 던졌다.

　이번 서부 고원 대륙 원정에서도 살아 돌아온 이들.

　"노, 농담이야. 우리 셋이 어떻게……."

　"아르테온, 길드에 볼일 있는 것 같은데 어여 들어가봐."

　말을 걸며 장난하던 용병 델코와 비토르가 손사래를 치며 거부했다.

　지금 내가 착용하고 있는 에피온이라 불리는 몬스터의 가죽 망토.

　겨울에는 따뜻하고 여름에는 시원하며 일반 궁수들의 화살 따위는 막아낼 수 있는 귀한 물건이었다.

　단, 잡기 위해서는 대단한 용병과 기사들이라도 목숨을 걸어야 할 판.

　나도 이 가죽 하나를 얻기 위하여 목숨을 걸어야 했다.

　나름 계급 사회로 불리는 용병들 사이에서 3급에 이른 내가 어깨에 힘을 주고 살 수 있는 이유가 바로 이 가죽 덕분이었다.

상당한 능력자라 불리는 1급 용병들도 마법사들과 정령사, 기타 능력자들과 함께하지 못하면 잡기 어려운 에피온.

몬스터 오우거와 동급 취급을 받는 놈은 한번 물리면 검도 부러뜨리는 날카로운 삼중 톱니에 강철 같은 가죽, 단단한 손톱과 놀라운 민첩성 및 힘을 소유한 무시무시한 몬스터였다.

'그때 정말 뒈지는 줄 알았지.'

그날도 변태 엘프와 정찰을 나갔다가 예기치 못한 적들의 습격을 받았다.

워낙 우리에게 당하기만 하자 서부 고원 대륙의 전사들이 함정을 파서 우리를 유인했던 것이다.

행복하게 엉덩이와 중요 부위에 화살을 맞고 쓰러져 있는 전사들의 몸에서 황금을 채취(?)하고 있을 때, 사방에서 수십 명의 전사 놈들이 나타났다.

볼 것도 없이 튀었다.

도망칠 때는 계급과 의리 따위는 필요없었다.

나와 변태 엘프, 그리고 함께하던 용병 다섯 명이 사방으로 불 만난 토끼처럼 순식간에 몸을 날렸다.

그리고 시작된 추격.

정말 전사들보다 더 혹독하게 내 몸을 단련하지 않았다

면 살아남을 수 없는 절체절명의 순간,

포스까지 사용하며 죽어라 반나절 이상을 쉬지 않고 히모르 산맥을 타고 군단으로 돌아갔다.

그러다 에피온 이놈을 만났다.

너무 힘들어 작은 동굴에 몸을 숨기고 비상용 육포를 뜯으며 한숨 자고 있을 때 나타난 회색 몬스터.

죽은 듯이 자고 있는 나를 시신으로 착각하고는 느릿하게 입을 벌리고 머리통을 뜯어 먹으려다가 입에 벼락을 맞고 신의 품으로 돌아갔다.

'흐흐흐, 마법 아이템은 돈값을 한다니까.'

워낙 힘들었기에 정신줄을 놓고 있다 죽을 뻔했지만 본능이 말한 위기에 눈을 뜰 수 있었다.

그리고 입에 침을 질질 흘리며 내 머리통을 향해 다가오는 놈의 거대한 주둥이를 향해 다리에 차고 있는 마법 단검을 빼 들어 쑤셔 넣었다.

4서클 전격 마법이 각인되어 있는 마법 단검.

내가 소유하고 있는 바람의 검 라르아르 말고 가장 값나가는 물건.

위기를 대비하여 금화 100개나 주고 구입한 마법 단검이 제 위력을 발휘하였다.

단 일회용이지만 혹시 모를 위기를 대비하여 장만해 두

었던 마법 아이템.

제값을 충분히 하여 오늘도 내가 숨 쉴 수 있게 만들어주었다.

"길드장님 안에 계시지?"

나이는 나보다 한참 많은 용병들에게 반말을 던졌다.

실력이 곧 힘이자 모든 것인 용병 세계.

나이가 어리더라도 능력만 있다면 누구 하나 시비 거는 놈이 없었다.

아니, 연장자라고 고분고분 대하다가 뒤통수 맞고 거지가 되거나 죽는 이들이 허다한 이쪽 용병계다.

치열하다 못해 잔인하게 발전한 인간들의 마지막 군상판.

미래도 없이 피밭에서 돈을 추구하며 살아가는 이들에게 양심까지 온전하라는 조건은 잔인한 짓일 것이다.

"물론이지. 요즘 뭘 먹었는지 더 팔팔해서."

"크크크, 길드장으로 10년을 버틴 양반이야. 아마… 앞으로도 수십 년은 더 해먹을 거 같아."

"혜론트 길드장만 한 실력을 가진 길드장도 없지."

용병들이 길드장에 대한 언급이 나오자 고개를 끄덕이며 말을 뱉었다.

'혜론트 길드장이라면 자격이 충분하지.'

용병 길드는 다른 길드와 달리 상부 조직이 존재하지 않았다.

개개인이 개성 강한 개인 사업자인 용병들이 살기 위하여 뭉친 용병단 말고는 자신들 머리 위에 무언가를 두는 걸 싫어했다.

하지만 길드가 존재해야 원활하게 일감을 공급받고 필요한 정보를 얻으며, 자신들이 위기에 처할 때 그나마 도움이 될 수 있음을 알기에 자체적으로 공급이 있는 곳에 길드를 세웠다.

용병계 현장을 떠나고 싶은 실력자들이 길드를 만든 것이다.

그런 지역 길드의 길드장은 강해야 했다.

신입 용병들의 급수를 평가해야 하고 길드 영역에서 발생하는 용병들 문제를 해결하기 위해서는 무력과 함께 정치력을 소유해야만 하였다.

용병들이 사고를 치면 대부분 무력적인 일이 발생하고 귀족이나 기사들까지 개입하는 일이 필수 불가분의 관계였기에 길드장의 역할은 중요했다.

더욱이 길드가 얻어낸 일감에 대한 소개 수수료로 5파르에서 10파르의 금액을 받아가기에 데론 성 같은 요지는 길드장이 강할 수밖에 없었다.

지금 용병들 입에서 나온 헤론트라는 길드장.

왼팔이 없는 외팔이 용병이지만 실력이 무려 마스터급이라는 소문이 자자했다.

가끔씩 길드를 노리고 결투를 청해오는 강한 실력의 용병들을 단칼에 부숴 버린다는 헤론트 길드장.

배불뚝이에 대머리이며 사람 좋은 모습이지만 실력만큼은 발군이라 했다.

'누가 헤론트를 물러나게 만들겠어.'

공식적으로 데론 성을 다스리는 이는 서부대군단의 사령관이었지만 휘하에 직속으로 마법사나 정령사 용병을 두고 있는 헤론트는 보이지 않는 곳의 데론 성 주인 중 하나였다.

끼이익.

두툼한 용병 길드의 문을 열고 안으로 들어섰다.

파파밧.

들어서자마자 느껴져 오는 날카로운 기운.

길드에서 호위를 맡고 있는 경호 용병 세 명이 나를 훑어보았다.

'언제 봐도 저놈들은 밥맛이야.'

헤론트의 직속 휘하라 불리는 용병이자 용병이 아닌 놈들.

용병계에 투신했지만 결코 용병질을 하지 않았다.

말썽 피우는 사고뭉치 용병들을 처리하는 용병 쓰레기 처리반이 저들이었다.

그렇기에 용병임에도 용병들과 사이가 좋지 않았다.

"아르테온!"

"푸하하하! 자네 정말 살아 있었군!"

귓가에 반가워하는 목소리가 들려왔다.

사무를 처리하는 나와 잘 아는 용병들의 환한 얼굴이 보였다.

"왜, 자네들도 내가 죽기를 바란 거야?"

"무슨 소리야? 내가 아르테온을 얼마나 좋아하는데."

"어떻게 오팔르 요새에서 도망쳐 온 거야? 자네의 생사를 놓고 알게 모르게 용병들이 내기를 많이 걸었는데."

변태 잡종 엘프 덕분에 관심의 중심에 서버렸다.

글과 숫자를 알아 길드의 일을 처리하는 루코와 바벤트가 반가워했다.

다른 용병들과 달리 어린 내가 3년 동안 거친 용병 세계에서 살아남아 한몫의 용병 일을 해내자 누구보다 자신들의 일처럼 즐거워하는 이들.

용병이 되었지만 검술이나 기타 육체적 능력보다는 사무를 처리하며 먹고살기에 적합한 이들이었기에 어린 내가 커가는 걸 즐거워했다.

"나같이 신의 축복을 받고 뭇 여인들에게 사랑받는 용병이 죽는다면 데론 성의 처녀들이 얼마나 슬퍼하겠어. 그래서 이번에도 무사히 돌아왔네."

"어떻게 도망쳐 온 거야? 자네가 오팔르 요새에 이루카카 전사 놈들에게 둘러싸인 걸 확인하고 돌아온 용병들이 한둘이 아닌데."

"알면 다쳐."

루코의 감탄 어린 질문에 짧게 답했다.

'다시 생각해도 뚜껑 열리네!'

잔인하고 치졸하고 비열하고 싸가지없는 용병들.

내 목숨을 걸고 내기를 했던 놈들을 생각하자 머리가 다시 지끈거려 왔다.

"좌우지간 고마워. 이번에 자네의 무사 생존에 걸어서 좀 짭짤하게 벌었어. 이따 시간 나면 술 한잔 사지."

술을 아니 마심을 알고도 술 한잔 사겠다고 말하는 바벤트.

기다란 콧수염을 파르르 떨며 즐거워라 하는 모습이 제법 돈을 번 것 같았다.

"그래? 그럼 마셔주지."

"헉! 저, 정말?"

"응. 오늘부로 금주를 풀었네. 저녁에 유리크의 별장에서 보세나."

"……."

당당한 내 말에 입을 떡 벌리는 바벤트.

자신들이 아는 과거의 내가 어떻게 살아왔는지 알고 있기에 저리 반응했다.

용병임에도 술 한잔 입에 대지 않고 보기 드물게 자기 몸 관리를 철저히 하는 나다.

"헤론트님 2층에 계시지?"

"응……."

"그럼 수고들 해."

길드장을 직접 대면할 수 있는 용병은 대부분 2급 이상이었다.

그러나 3년 동안 데론 성에서 버틴 나는 특별대우를 받아 길드장과 독대할 수 있었다.

'수입이 어지간한 중형 영지의 연 순수익과 맞먹을 것이다.'

대륙에서 가장 활발하게 가동되는 데론 성의 용병 길드.

이번 서부 고원 대륙에 참전했던 대부분의 용병들이 길드를 통하여 제국군과 계약을 맺었다.

이름있는 대형 용병단이 아닌 이상 길드를 통할 수밖에

없는 일.

길드에서 편하게 앉아 용병들 수익금의 5파르만 받아도 엄청난 이익.

죽은 용병들이 일한 날까지 계산되는 수익의 5파르라면 대단한 금액이었다.

나 같은 포스를 다루는 3급 용병이 한 달에 받는 돈이 보통 제국 금화로 열 개였다.

평민들에게는 엄청난 금액이었지만 목숨 걸고 하는 직업이었기에 그리 많다 말할 수는 없었다.

거기에서 5파르라면 은화로 약 다섯 개.

5,000명의 용병이 투입되었기에 기본 계약금으로 한 달 치 돈이 선금이었다.

그렇기에 단순 계산해서 약 금화로 2,500개를 수수료로 챙겼다.

거기에 이번에는 일의 어려움으로 인해 세 배 이상이 급료로 지불되었기에 그 이익은 물경 7,500개의 금화.

또한 일이 무사히 마무리되고 석 달 동안 버틴 용병의 급료와 위로금까지 합친다면 이번 거사로 인하여 데론 성 용병 길드는 최소 10,000개 이상의 제국 금화를 수입으로 올렸다.

실로 엄청난 금액.

비록 귀족의 작위는 없지만 돈만으로 따지면 데론 성 용병 길드의 길드장은 어지간한 영지의 주인보다 더 많은 순수익을 올리고 있는 것이다.

'그래도… 용병은 용병일 뿐이다.'

제국에서도 필요하기에 용병 길드를 놔두었다.

돈에 환장한 귀족들이 어찌 황금알을 낳는 거위라 불릴 수 있는 각종 길드를 취하고 싶지 않겠는가.

그러나 태생적으로 귀족들에게 반발하여 태어난 조직이 각종 길드였기에 물과 기름처럼 길드는 귀족들에게 종속될 수 없었다.

솔직하게 용병 길드장이 괜찮은 직업이라 말할 수 있었지만 욕심나지 않았다.

내 목표는 가문의 부활.

가끔씩 기사들에게도 무시당하는 용병 길드의 길드장은 관심 밖이었다.

'나름 난공불락의 요새라니까.'

석조 건물로 된 용병 길드.

길드장이 사무를 처리하는 2층으로 올라가기까지 열 명의 호위 용병과 마법 경고 장치가 보였다.

이권이 엄청난 자리였기에 노리는 자들이 있었고, 실력 있는 용병단에서 암살자를 보낸 적도 있다고 하였다.

길드장은 스스로 차지하는 자리였기에 능력없고 힘이 없다면 쥐도 새도 모르게 제거될 수 있었다.

세상 그 어디 곳보다 힘만이 법칙인 용병 세계.

강한 자만이 더 많은 권리를 주장함이 당연했다.

똑똑.

두툼한 문 앞에서 노크를 했다.

군단 기사 앞에서도 긴장하지 않는 나였지만 헤론트를 만날 때면 감각이 날카로워졌다.

"아르테온입니다."

"들어와."

조용하고 묵직한 음성이 귀에 들려왔다.

끼릭.

부드럽게 열리는 문.

"하하! 어서 와라, 아르테온!"

열린 문 사이로 나를 보며 반갑게 맞이하는 한 남자.

용병이라 부르기에는 부족해 보이는 작은 키에 두툼한 뱃살, 창문에 반짝이는 시원한 대머리를 간직한 오십대의 포근한 인상의 아저씨.

나를 자신의 아들이라도 되는 양 이름을 부르며 반갑게 맞이해 주었다.

"헤론트 아저씨~"

"죽었다고 소문이 자자하더니 멀쩡하구나?"

"에이~ 제가 죽으면 아저씨가 슬퍼하실 거잖아요. 이루카카 놈들에게 포위될 때 저를 생각하며 울고 있는 아저씨 얼굴이 떠올라 죽기 살기로 도망쳐 왔습니다."

"그래, 고맙다. 그러니 이번 기회에 아예 내 밑으로 들어와라. 한 20년 정도만 내 밑에 있으면 데론 성 길드장 자리를 너에게 물려주마."

"싫습니다."

"왜? 다른 용병 놈들은 나에게 잘 보이려 안달이 났는데."

"헤론트 아저씨 같으면 팔팔한 이 나이에 20년 동안이나 칙칙한 용병들 얼굴이나 보면서 젊은 청춘 다 보내고 싶겠습니까? 차라리 용병 때려치우고 음유시인이 되어 뭇 여인들 품속에서 파묻혀 살다 죽겠습니다."

"그래, 그럼 한 15년 정도면 되겠니?"

"절대! 싫습니다!"

"끄응……."

강력한 부정에 신음을 흘리는 헤론트.

'뭐가 아쉬워서 나를 후계자 삼지 못해 안달이실까?'

대륙에서 누구나 탐내는 데론 성 용병 길드장 자리를 제안하는 헤론트.

15년이라는 파격적인 제안을 하며 나에게 자신 밑으로 들어오라 청하였다.

처음부터 이상한 인연이었다.

가문에서 축출되어 먹고살기 위하여 용병이 되었다.

열세 살 어린 나이의 귀족가 소년을 세상 그 누구도 따스하게 받아주지 않았다.

품에 있는 돈 냄새를 맡고 달려들던 악귀 같은 인간들의 모습.

강하지 않으면 살 수 없기에 용병 길드를 찾아가 포스를 드러내고 용병패를 받았다.

그리고 일확천금을 벌 수 있다는 서부 대륙의 중심인 데론 성으로 찾아왔다.

그때 처음 만난 나를 안타까운 눈빛으로 바라보던 헤론트 길드장.

몇 번 길드에서 주어진 일거리를 완벽하게 처리하자 따로 나를 불렀다.

그리고 자신의 후계자가 되라 하였다.

그런 길드장의 말을 그때도 거부했다.

길드장의 후계자가 되는 순간 엄청난 부와 마스터에 이른 길드장의 지도를 받을 수 있을 것이건만 어린 나는 지금처럼 거절했다.

"그럼… 10년이면 되겠니?"

아직 나이도 창창하건만 10년이라는 파격적인 제안을 던지는 헤론트 길드장.

'뭘 보고 나에게 이리 잘해주는 거야?'

"아저씨, 한 가지 궁금한 점이 있습니다."

"뭐가 궁금하더냐?"

사람 좋아 보지만 용병의 도를 넘는 실수를 벌이면 가차 없이 생명까지 취하는 데론 성의 용병 길드 길드장 헤론트가 넉넉한 표정으로 나를 보았다.

"아무것도 가진 것 없고 뭐 특출 난 실력도 없는 제 어디가 마음에 들어 길드장 자리를 넘겨주신다는 겁니까? 데론 성 용병 길드 길드장이라면 대륙에서도 손꼽히는 대박 자리인데 말입니다."

"후후……."

질문에 묘한 미소를 짓는 헤론트.

"빨리도 물어보는구나."

지금껏 참고 있었다.

단 한 번도 길드장 자리를 생각해 본 적 없기에 묻지 않았다.

그러나 며칠 내로 떠나는 마당이기에 이유를 알고 싶었다.

"아르테온 널 보면 과거의 나를 보는 것 같다."

"네?"

"네가 평범한 가문의 자손이 아님을 알고 있다."

'호오, 뒷조사를 했다 이거네.'

정보 길드를 통한다면 못 알아낼 것도 없었다.

더욱이 헤론트는 데론에서 막강한 위치에 있는 자.

나의 과거 정보는 쉽게 얻을 수 있을 것이리라.

"대정령사를 배출했던 쌍둥이 반도의 이모스 왕국을 수호하던 바람의 가문 카르테. 네 정식 풀네임은 아르테온 레올 카르테가 맞을 것이다."

'레올 카르테…….'

오랜만에 듣게 되는 가문 이름에 입술을 살짝 깨물었다.

빼앗겨 버린 가문의 이름과 문장.

되찾아야 할 나의 숙명.

"수많은 세월 동안 용병질을 하고 지금의 위치에 이를 수 있었다. 그리고 한 가지 깨달은 바가 있다. 그건 바로… 사람의 피는 함부로 바뀔 수 없다는 것이다."

'사람의 피…….'

"너 말고도 내 주변에 정령사나 마법사, 검사로서 자질이 뛰어난 이들이 왜 없겠느냐. 하지만 사람은 실력만으로 살 수 없다. 더욱이 이곳 데론 성 용병 길드 길드장이라는 자리는 무식하게 주먹으로만 유지할 수 있는 자리가 아니다."

'그렇겠지. 귀족들과 접촉할 수 있는 원만한 정치력이 없다면 이 자리에 있을 수 없겠지.'

용병들의 중요 일거리 대부분이 제국과 귀족이 관련된 일이었다.

이번 서부 고원 대륙 원정이나 몬스터 토벌, 중요 인물 호위나 영지 분쟁 같은 경우에는 귀족들과 협의를 해야 했다.

개인으로서는 아무리 강하더라도 제국과 귀족의 아래일 수밖에 없기에 단체의 이름으로 계약을 따내고 불리한 권리를 찾아주려면 길드장의 정치적 수완 능력이 필요한 것이다.

"너도 알다시피 머리가 쓸 만한 놈들은 실력이 형편없고, 힘 좀 쓴다는 놈들은 머리통이 돌인 경우가 많다. 하지만 넌, 그런 놈들과는 질적으로 다르다. 마치 나처럼 말이다."

'나처럼? 그럼 설마……'

"정확하게 밝힐 수 없지만 나 또한 너와 같은 과거가 존재한다."

'귀족 핏줄이었어.'

용병들 사이에 알려지지 않는 헤론트의 과거.

포스 마스터에 이를 수 있던 근본적인 이유가 있었다.

"사람을 차별하지는 않는다. 어차피 왕족이나 귀족의 핏줄이라고 해서 태어나자마자 시궁창에서 자란다면 별 볼일 없을 것이며, 그들의 조상들 또한 처음부터 왕족이나 귀족일 수는 없을 것이니 말이다."

살아온 세월이 있기에 명확한 자신만의 견해가 뚜렷한 헤론트 길드장.

"그러나 귀족가에서 자란 아이라면……. 그것도 거친 세상으로 내팽개쳐 홀로 살아남을 수 있는 질긴 생명력까지 소유하고 있는 존재라면 말이 다르다. 바로 너와 나처럼."

내 과거를 알고 있고 현재의 나를 파악하고 있는 헤론트의 뼈있는 말.

"잘못 보셨을 수도 있습니다. 저 그렇게 강한 놈이 아닙니다."

"푸하하하하하하!"

박장대소가 방 안에 울렸다.

"데론 성의 용병들에게 물어봐라. 현재 데론 성 용병 중에서 가장 질긴 생명력을 소유한 용병이 누구냐고 말이다."

"……."

할 말이 없었다.

내가 생각해도 죽을 고비를 벌써 손가락 숫자만큼 넘겼다.

데론 성에 찾아온 신규 용병 중에서 한 달을 버틸 수 있는 자는 열에 한 명이었고, 1년을 버틴 이는 백에 한 명 꼴도 안 되었다.

"배운 바 지식도 멍청한 용병 놈들과 비교할 수 없을 것이고, 귀족가 예법도 숙달되어 있어 귀족들을 상대하기 편한 데다가, 목숨과 바꾼 돈으로 여자와 술도 멀리하고 돈도 밝힐 줄 아는 너 같은 인재를 내가 어디서 구하겠느냐? 거기에 더하여 포스도 다룰 줄 알기에 잘만 다듬으면 10년 이래로 경지에 이를 수 있으며, 대정령사를 배출한 가문 출신이기에 잘만 하면 정령사도 될 수 있는 너를 나 같으면 놓치고 싶겠느냐?"

가지가지 이유를 들이대며 나를 점찍을 수밖에 없음을 설파하는 헤론트.

'자식이 없다 했지⋯⋯.'

데론 성 길드장 정도라면 귀족가의 여식은 아니더라도 상인이나 쓸 만한 기사 가문의 여인을 아내로 맞이할 수 있을 것이건만 여인을 멀리하는 길드장이었다.

"사람들이 보기에는 길드장이라는 위치가 쉽게 이룬 것 같지만 거친 세상에서 이곳에 이르기까지 힘들었다. 여기 왼팔이 그 증거다."

어깨선부터 매끈하게 잘려 나간 헤론트의 왼팔.

용병 중에 흉터 없고 신체 온전한 자는 거의 없었다.

재산이라 할 수 있는 팔다리를 잃고 거지가 되어 목숨을 연명하는 이들이 데론 성에도 부지기수였다.

제국 기사나 병사들과 달리 용병들은 혜택을 받지 못했다.

정규 병사만 되어도 죽거나 상해를 당하면 국가에서 일정 부분 보상금이 나왔다.

그러나 용병들은 무기를 들 수 없는 폐인이 된다면 바로 거지가 될 수밖에 없었다.

미래가 없기에 오늘만 살아가는 용병들이 자신을 위하여 따로 무엇을 저축하지는 않았다.

"아르테온, 네게 꿈이 있는 걸 안다. 결코 용병 따위가 되기 위하여 지옥 같은 이곳에 찾아오지 않았음을 짐작할 수 있다."

헤론트를 만난 이후로 처음으로 깊고 긴 대화를 나눴다.

자신을 아저씨라 부르라 특별히 허락한 이후에도 오늘과 같은 말을 나눈 적이 없었다.

"그러나 너 혼자만의 힘으로 잃어버린 가문을 되찾을 수는 없다."

확언하듯 말하는 헤론트.

"네가 보기에 포스 마스터이자 데론 성 용병 길드장이며 엄청난 부를 거머쥔 내가 귀족 가문 하나 얻지 못할 것이라 생각하느냐?"

"아닙니다. 아저씨라면 충분히 귀족가를 세울 수 있을 것입니다."

카로크안 제국으로 대륙이 일통된 이후로 귀족 간의 분화는 둔화되었지만 변화가 아예 없는 것은 아니었다.

귀족가를 이을 수 있는 장자나 선택받은 이들 말고는 세상에 나와야 하는 차남이나 선택받지 못한 귀족가의 자제들.

태어날 때부터 귀족의 물을 먹었기에 평민처럼 살 수 없었고, 부모 된 입장에서 똑같은 자식을 버릴 수 없기에 돈과 권력있는 자들은 차남 이하도 귀족으로 만들려 하였다.

하지만 영지는 한정되어 있었고, 특별난 실력도 없는 이들이 전공을 세우거나 능력을 받아 황제에게 귀족 작위를 하사받을 수는 없는 법.

당연히 귀족가를 이끌다 빚이나 여러 사정에 의하여 영지를 내놓아야 하는 귀족가를 돈과 권력을 이용하여 빼앗아 자식들에게 물려주는 이들이 있었다.

공식적인 가격은 아니지만 산맥 부근에 위치하여 몬스터로 인해 골치 아픈 척박한 영지는 그리 큰 가격이 아니어도 구입할 수 있다고 들었다.

물론 귀족이 되려면 가까운 선조가 귀족이었거나 귀족의 작위를 얻어야만 가능했지만 헤론트라면 충분히 작위를 얻고도 남을 실력을 소유하고 있었다.

황제가 아니어도 대귀족령의 세습되지 않는 하위 작위는 대귀족이 자체적으로 하사하였다.

내 가문도 백작위를 소유한 대귀족령으로서 자작과 남작의 작위를 하사하였다.

다만 힘이 없기에 가문 소속 귀족들에게 배신을 당했지만 말이다.

"귀족의 작위야 마음만 먹는다면 내가 아는 인줄을 통하여 얻을 수 있다. 하지만 귀족이 되고 영지를 소유하고 있다 해서 모든 게 끝난 게 아니다. 영지와 귀족의 작위를 스스로 지킬 수 있는 자만이 진정한 귀족 자격이 있는 것이다."

'아!'

뼈아픈 말에 마음속에서 작은 신음이 터졌다.

힘이 없기에 가문을 지키지 못한 나의 잘못.

아버지가 갑작스럽게 돌아가셨더라도 내가 무언가 특출난 힘이 있었다면 가문 소속 귀족들과 기사들에게 인정받을 수 있었을 것이다.

"드넓은 호수라도 새로운 물이 공급되지 않고 정체되어

있다면 썩어버리는 법. 곧 대륙은 엄청난 변화의 폭풍 속에 휘말릴 것이다."

'폭풍?'

황실과 대륙 사정이 그리 좋지 않다는 점은 알고 있지만 헤론트처럼 예언할 수 없었다.

아직은 우물 안 개구리처럼 세상을 보는 안목과 지혜가 부족했다.

가문에서 쫓겨나 이곳 데론 성까지 오는 데 3년이 걸렸다.

그리고 다시 3년 동안 살아남기 바빴기에 주위를 둘러볼 여력이 없었다.

"아르테온, 마음을 돌려먹어라. 네 잃어버린 가문을 이곳에서 되찾을 수 있는 힘을 내가 줄 것이다. 나를 믿고 따른다면 그 이상의 것도 줄 수 있다."

헤론트의 눈동자가 이글이글 타올랐다.

무언가 깊은 욕망을 간직한 헤론트.

왕국이라도 세우려는 거대한 힘이 느껴졌다.

"싫습니다."

그러나 내 입에서는 처음과 똑같이 싫다는 말이 나왔다.

"왜?"

자신의 야심과 능력을 밝혔건만 싫다고 간단히 말하자

어이없어 묻는 헤론트.

"그건 아저씨의 꿈이지 않습니까. 제가 꾸는 꿈은 제 스스로 완성할 것입니다."

"……."

내 말이 끝나자 오른 주먹을 움켜쥐며 나를 잡아먹을 듯이 노려보는 헤론트 길드장.

파스스스.

'허억!'

갑자기 날카로운 기운이 사방에 가득 차며 나를 위협하였다.

'포, 포스 마스터의 투기!'

어지간한 일반 평민은 포스 마스터의 투기에 접하기만 해도 쓰러져 죽을 수도 있었다.

그런 강력한 투기를 나를 향해 발산하는 헤론트.

꿀꺽.

마음만 먹는다면 나를 죽이는 것은 일도 아니었다.

내가 죽었다 해서 나를 위하여 복수의 검을 들어줄 자는 아무도 없었다.

변태 잡종 엘프 하르케니스라 해도 말이다.

"크하하하! 크하하하하하하하하하하하하하하!"

조금 전보다 더 큰 목소리로 마음껏 광소를 터뜨리는 헤론트.

'휴우…….'

그 순간 거짓말처럼 나를 옥죄던 투기가 사라졌다.

'강해져야 한다! 그 누구도 나를 어찌할 수 없을 정도로!'

설사 헤론트라 해도 지금 이 기분은 맛보고 싶지 않았다.

"좋았어! 사내라면 적어도 그래야지!"

자신이 제안을 거부했음에도 흔쾌히 웃음으로 인정해 버리는 헤론트가 눈에 힘을 거두고 따스하게 날 보았다.

"느낌으로 보아하니 이제 떠날 것 같구나. 갈 곳은 정했더냐?"

일정 경지에 오르면 상대방의 마음을 알아챌 수 있다더니 헤론트도 그런 것 같았다.

"아저씨 말대로 폭풍이 불기 전에 준비를 좀 하려 합니다."

"준비라……. 천지를 뒤덮을 폭풍 속에서 과연 너 혼자 무엇을 준비할 수 있을까?"

"그거야 부딪쳐 봐야 알겠지요. 아저씨보다는 전 젊잖습니까."

"젊다라……. 정말 좋은 말이야. 세상 그 무엇과도 바꿀 수 없는 신의 선물이지. 단, 그것을 남용하지 않는 자에 한

해서만 가능하지만 너라면 무언가를 해낼 수 있을 것 같구나."

"믿어주셔서 감사합니다."

"아니다. 널 알게 되어 몇 년 동안 행복했다. 시금털털한 값싼 맥주 같은 용병들 틈에서 너처럼 반짝이는 보석은 앞으로도 만날 수 없을 것 같구나."

'무언가 큰일이 벌어지겠군.'

대화가 마무리되어 가자 대륙에 폭풍이 몰아친다고 예언하는 헤론트의 말이 다시 떠올랐다.

개인이 어찌할 수 없는 거대한 변화.

'위기는 언제나 기회와 같이 몰려오는 법. 눈 부릅뜨고 달려나가면 그만이다.'

두렵지 않았다.

가문에서 쫓겨난 그 순간부터 세상에서 홀로 버텨왔던 나다.

쉽게 끝날 운명이었다면 용병들이 나에게 생명의 여신 루코페아님의 축복을 받았다 말하지 않았을 것이다.

"그런데 아르테온, 무언가 변한 것 같구나?"

"네?"

"반년 전 이곳을 떠날 때만 해도 이러지 않았는데 네 기운이 제법 강해졌구나."

‘그걸 눈치챈 거야?’

반년이 아니라 정확히 보름 정도의 시간 동안에 변하였다.

제국군과 용병들과 함께 행동할 때는 마음 놓고 수련할 수 없었다.

그러나 오팔르 요새에서 벌어졌던 그 사건 이후로 나는 급격히 변해갔다.

‘그 여인은 도대체 누굴까? 정말 내가 환상을 본 건가?’

화장대 유리를 통하여 보았던 미의 여신 아프로디티와 쌍벽을 이루던 여인의 자태.

쿵! 쿵!

생각만 해도 심장이 쿵 소리를 내며 뛰었다.

눈으로 보았지만 보았다고 말할 수 없는 그녀.

그저 내 영혼 속에 각인되어 말없이 존재할 뿐이었다.

Chapter 06
마탑 지부들의
뽕을 뽑아라!

'생각보다 수입이 괜찮았어.'

용병 길드에 모든 걸 위임하였기에 돌아와서야 급료를 계산 받을 수 있었다.

총 여섯 달의 계약 기간.

그것도 대장성의 완성을 위하여 무리하게 투입되었기에 평소 급료의 세 배를 받았다.

누가 미쳤다고 서부 고원 대륙으로 원정을 떠나는데 제국 1개 군단의 뒤를 따라가겠는가.

보통 원정을 가는 제국군 편제는 7개 군단 20만 이상이 정상이었다.

과거 몇십 년 전에는 50만 대군도 떠난 바 있었다.

물론 살아 돌아온 자가 10만이 채 안 될 정도의 엄청난 패배를 당하였지만 대륙을 통일한 제국이었기에 버텼다.

다른 왕국이나 제국이었다면 전쟁 처리 비용과 사회적 혼란으로 망하거나 그에 준하는 대가를 치러야 했을 것이다.

'기본 금화 180개에 성과급이 30개, 거기에 위험수당이 금화로 100개라……. 이만한 직업도 없어.'

총 금화 310개를 제국에서 지급받았다.

과거보다는 금 함량이 떨어졌지만 아직까지는 충분히 금화로서 가치를 하는 카로크안 제국 화폐.

손에 들려진 뭉툭한 가죽 주머니 감촉에 발걸음도 가벼웠다.

가볍지 않았지만 목숨을 대가로 얻은 뿌듯한 대가.

비록 전투를 통하여 벌어들였지만 어차피 지금의 난 용병.

대륙의 안위와 직결되는 서부 고원 대륙 원정이었기에 양심의 가책은 덜하였다.

어차피 서부 고원 대륙의 전사들과 나는 적으로 운명지어져 있었다.

'선물이라고 수수료도 안 받다니. 헤론트 아저씨, 복 받을 거예요.'

떠났다가 언제든 마음 바뀌면 돌아오라 말하던 헤론트 길드장.

데론 성이 대륙에서 가장 위험한 곳이지만 동시에 가장 안전한 곳이라 말했다.

장성의 보호를 받고 있으며 대장성이 무너진다 하여도 이곳은 끄떡없다고 하였다.

제국군이 아니어도 용병과 각 마탑의 지부, 여러 전투 길드들이 보호하는 데론 성.

언젠가 다시 만날 거라고 확신하며 헤론트 길드장은 흔쾌히 나를 보내주었다.

'그새 눈이 멈췄군.'

용병 길드에 들어갈 때와 달리 눈은 멈춰 있었다.

휘이이이이이잉!

다만 눈이 멈춘 뒤에 저 멀리 히모르 산맥을 타고 넘어온 차가운 바람이 데론 성의 대로를 한 바퀴 휘돌고 사라졌다.

파라락.

가죽 망토가 기분 좋게 바람과 함께 춤을 췄다.

'요즘 더 예민해졌다. 이렇게 생생하게 기운이 느껴지다니……'

과거에는 바람의 협곡이라 불리며 능력있는 정령수를 소환하기 위하여 정령사들이 많이 찾았다는 지옥의 협곡.

그곳에 불어오는 시원한 기운이 날 깨웠다.

폐부 깊숙이 들어차는 호흡을 따라 생생하고 살아 있는 기운이 포스 홀에 쌓여갔다.

아직은 미약하지만 조금만 더 이룩한다면 무언가 엄청난 힘을 줄 것 같은 기세.

마치 누군가 나와 한 몸이 되어 바람의 기운을 인도하고 있는 것 같았다.

'마탑에 가면 쓸 만한 것 좀 구해야겠어.'

용병 길드 지부에서 받은 금화가 가득 담긴 주머니를 들고 저 멀리 우뚝 서 있는 마탑 지부들을 향했다.

데론 성의 내성을 제외하고 가장 높고 큰 건물로 취급되는 마탑.

한 성에 마탑 지부가 모두 들어차 있는 경우는 드물었다.

자존심이 강하여 마탑 지부 건물 올리기를 경쟁처럼 하는 마탑들.

제국 법으로 동일한 지역에 마탑이 들어설 경우 똑같은 높이로 건축 제한을 하지 않았다면 아마 데론 성의 마탑 지부는 하늘이라도 뚫고 오를 기세이리라.

저벅저벅.

그렇게 마탑을 향해 걸어갔다.

이번에 수확한 발광마정석과 나에게는 쓸모없는 마법 보관함을 매각하기 위해서.

"녀석, 고집하고는……."

용병 길드를 나와 마탑 지부를 향해 걸어가는 젊은 용병을 바라보는 데론 성 권력의 핵심을 차지하고 있는 용병 길드장.

입가에 잔잔한 미소를 지으며 가죽 망토를 두르며 떠나는 이를 생각했다.

"벌써 3년이나 지났군."

수십만이 머무는 대형 도시이자 군사적 요충지.

오고 가는 이들 상당수는 즉각 파악되어 각각의 길드에 보고되어졌다.

그중에서 저 녀석은 없었다.

이제 겨우 소년티를 벗어났지만 이동 상단을 따라 데론 성으로 들어왔다.

하루에도 찾아오는 수백 명의 어중이떠중이 용병들의 모습이었기에 눈에 띄지 않았다.

그러나 몇 번의 용병 길드 의뢰를 성공적으로 이뤄냈을 때 헤론트의 예민한 직감에 의하여 발견하였다.

'다듬어지지 않는 원석 같은 녀석이었지.'

하루에도 수십 건의 의뢰로 수십 명의 용병이 죽어나갔다.

서부 고원 대륙의 용사들과 전투를 하지 않아도 희귀 자원이 넘쳐 나는 히모르 산맥으로 떠나는 철모르는 귀족가 자제나 마법사들, 정령수의 친화력을 높이기 위해 떠나는 정령사들에 상인들까지, 용병을 원하는 이는 많았다.

그런 소비자들을 위하여 돈 몇 푼에 목숨을 던질 용병이 넘쳐 나는 데론 성.

녀석은 다른 용병들과 달랐다.

계약 중이라 하더라도 목숨이 경각에 달리는 상황이라면 의뢰인과의 계약을 해제하고 도망칠 수도 있었다.

아무리 용병의 목숨이 천하다지만 세상에 자신의 목숨보다 소중한 것은 없었기에 용병 세계에서도 받아들여졌다.

다만 그렇게 의뢰인을 버리는 용병에게 좋은 일거리가 주어지지 않음은 상식이었다.

그러나 아르테온이라는 저놈은 질적으로 달랐다.

귀한 약초와 버섯을 채취하기 위하여 용병을 모집한 상인들과 함께 수십 명의 용병과 더불어 떠난 아르테온.

상급 몬스터를 만나 대부분의 용병이 도망치거나 죽었건만 끝까지 의뢰인을 보호하며 돌아왔다.

등판에 커다란 상처를 입으면서까지 최선을 다해 용병의 본분을 지켜냈던 꼬맹이 아르테온.

의뢰인과 성으로 돌아왔을 때 헤론트는 정보 길드를 통하여 아르테온의 뒷조사를 하였다.

그리고 알아낸 아르테온의 정체.

놀랍게도 한때 대륙을 위진시켰던 쌍둥이 반도 이모르 왕국의 대정령사 카르테 백작 가문의 후계자인 로드였다.

비록 바람의 정령 수호기사를 소환하지는 못하더라도 대대로 마스터급에 이른 정령검사를 배출했던 위대한 가문.

과거 이탈루 산맥에 의지하여 거의 대륙을 제패했던 카로크안 제국군에 맞서 왕국을 지켜낸 명문 중의 명문이다.

당시에는 공작의 작위였지만 제국군의 꼼수에 의하여 왕국이 멸망한 뒤 그 능력을 인정받아 제국 백작가의 작위를 하사받았던 카르테 가문.

아르테온의 할아버지 때부터 포스 마스터에 이르지 못하자 가문을 수호하던 자작과 남작, 기사들이 보이지 않는 반란을 일으켜 주인을 바꿔 버렸다.

만약 그렇지 않았다면 아르테온이 이곳까지 굴러 들러올 리가 없었다.

한 지역을 다스리는 백작가를 이을 로드가 세상에서 가장 천시받는 용병질을 할 리 없는 것이다.

'저만한 후계자 녀석도 없는데…….'

자신의 제안을 뿌리치고 저 멀리 사라져 가고 있는 아르테온을 생각하며 입맛을 다시는 헤론트.

185투랑이 넘는 보기 좋은 키에 언제나 눈동자를 살짝 가리는 거친 푸른 머리칼이 인상적인 녀석.

검을 다루는 험악한 용병이건만 기다란 손은 하프나 뜯는 음유시인에 적당해 보였고, 살짝 뾰족한 턱 선은 머리칼 때문에 잘 보이지 않는 눈매와 함께 무언가 우수에 젖어 보였다.

어울려 다니는 하프 엘프의 조각같이 아름다운 외모와 달리 거친 반항아 같은 얼굴이었지만, 동시에 어딘가 마음을 아리도록 만들어 보호해 주고 싶어지는 여린 이중적 기운을 품고 있는 아르테온.

데론 성의 여인 중에서 아르테온을 모르는 이가 없었다.

하프 엘프 이상 가는 인기를 얻고 있건만 전혀 여인에게 관심이 없는 녀석.

보면 볼수록 물건이었다.

'세상에 나가 보면 이곳으로 되돌아올 수밖에 없을 것이다.'

수십 년 전 가문에서 동생의 음모로 배신당하여 사랑하는 여인과 모든 것을 잃어버리고 세상에 뛰쳐나왔을 무렵 자신의 모습을 보는 것 같았다.

세상에 무서운 것 없이 오직 젊음 하나와 실력만으로 자신을 버렸던 가문보다 더 위명이 쟁쟁한 가문을 세우리라 마음먹었다.

그러나 세상은 그리 녹록지 않았다.

실력과 돈과 명성을 얻었지만 한쪽 팔을 잃었다.

사실 마음만 먹는다면 대귀족에 빌붙어 귀족 작위를 받을 수도 있을 것이다.

포스 마스터에 이른 실력과 비축한 돈, 그리고 지금껏 쌓아온 귀족들과의 인맥이라면 충분히 가능했다.

'쌍독수리는 이제 더 이상 비상할 수 없다. 그때는… 오로지 강한 자만이 살아남아 새로운 세상을 호령할 수 있다!'

카로크안 제국 말고는 거대한 대륙을 지금껏 그 어느 누구도 일통할 수 없었다.

몇 개의 제국과 십여 개 이상의 왕국과 공국으로 나눠져 있던 대륙.

이제 주인을 바꾸기 위하여 갑옷을 바꿔 입고 있었다.

길드 정보를 통하여 시시각각 전해지는 제국의 위기 상황.

골칫덩이 서부 고원 대륙 부족을 막기 위하여 대장성이

완성되었지만 그동안 제국의 위험 요소는 더욱더 증폭되어 갔다.

황제의 이름으로 내려지는 명령들이 대륙 곳곳 깊숙하게 퍼지지 않았다.

독자적인 영역과 세력을 확보한 백작 이상의 대귀족들이 서로 힘을 합쳐 황권을 무력화시켜 나가고 있었고, 길고 긴 전쟁과 서부 대장성 공사 같은 무리한 지출로 제국의 국고는 텅 비어버렸다.

각 상단과 마탑, 심지어 귀족들에까지 징수권을 담보로 돈을 빌리고 있는 상황.

벌써 제국 황실의 이름으로 빌린 돈이 제국의 몇 년치 예산임을 아는 자들은 알고 있었다.

그러나 언제나 음악이 흐르고 여인들의 교태 어린 웃음이 끊이지 않는 황실은 몰랐다.

늘어나는 세금으로 인하여 백성들의 마음은 예전에 돌아섰고, 그나마 황실과 제국을 받쳐 주던 귀족들도 등을 돌리고 있다는 사실을 말이다.

'오베스 신성제국, 올토르 해상 왕국, 그리고 그란트 왕국 연합군이 언제 바다를 건너 대륙에 진출할지 모른다. 특히 오베스 신성제국은 대륙을 정벌하기 위하여 100만 대군을 육성해 놓고 있다. 그들이 허점을 노리고 밀려든다

면…….'

머리에 그려지는 카로크안 제국의 미래.

'어쩔 수 없다. 비탈길에서 굴러가는 마차 바퀴를 멈출수는 없다. 다만 알아서 피하고 준비할 수밖에.'

일개 용병 길드의 길드장이었지만 남다른 식견과 경험을 소유하고 있는 헤론트.

대륙에 불어닥칠 위기를 대비하여 웅크리고 힘을 비축하고 있었다.

어차피 멈출 수 없는 운명의 수레바퀴에 깔리지 않고 그위에 올라타기 위해서…….

'얘들은 돈이 썩어나요…….'

데론 성에서 유명한 마탑 지부의 네 개 건물.

한 거리를 사이에 두고 10층 정도 되는 석조 원형 건물이네 방향에 자리 잡고 있었다.

그중에 황금으로 만든 몸통만 한 사대룬어 기초어가 그려진 조각물.

대륙 사대 마탑 중에 엘크리안 마탑을 상징하는 문구였다.

'저게 다 황금과 미스릴이라고 했지?'

엘크리안 말고도 마법진에 사용되는 역오망성이 밝게 빛

나는 미스릴 도금 대형 장식물의 도로크 마탑, 기다란 황금 마나 스태프와 미스릴 장검이 교차하는 조형물의 발류샤 마탑, 마지막으로 황금 태양과 미스릴 쌍달로 만들어진 델 코르 마탑까지.

휘황찬란한 빛으로 사람들을 현혹하였다.

'미친 것들…….'

대륙의 여러 산맥에 존재하는 마탑.

과거 대륙이 통일되기 전에는 뛰어난 마탑 마법사를 모 시기 위하여 각 제국과 왕국에서 뻔질나게 선물과 공납을 바쳤다고 한다.

마탑에서 본격적으로 지원한다면 타국을 정벌하기 어렵 지 않았기에 적이 되지 않기 위하여, 또는 마탑의 마법사를 지원받기 위하여 발바닥에 땀나도록 노력했던 것이다.

그러나 대륙이 통일된 이후 마탑의 오만한 폐해를 알고 제국 황실에서는 여러 가지 제약을 두었다.

자칫 마탑의 권위를 그대로 인정하게 된다면 제국의 안 위에 위협을 줄 수 있기에 마탑을 제국의 통제하에 두고 싶 었던 것이다.

그리하여 황제의 명령으로 등장한 마탑에 관한 여러 법 률.

마탑은 황실이나 제국에 공을 세워 황제의 허락이 있을

때를 제외하고는 마탑의 마법사 수를 일정하게 유지해야 하며, 지부를 둘 경우에는 동일 지역에 일정 이상의 건물을 신축할 수 없으며, 마탑의 마법사들은 마탑을 탈퇴하기 전까지는 제국의 귀족이 될 수 없다는 등등의 제약.

과거 정식 마법사에 오르면 준귀족 대우를 받던 마법사들의 자존심을 한방에 날려 버리는 엄청난 제약이었다.

마나와 자존심밖에 없다던 마법사들이 반발하는 것은 당연했다.

그러나 그런 마탑을 제국은 힘으로 찍어 눌러 버렸다.

그랜드 포스 마스터이자 카로크안 대제라 불렸던 초대 제국 황제와 함께 제국을 건설한 8서클 유저에 오른 대마도사 할케이노와 대정령사 라올크가 마탑에 찾아가 무력시위를 벌였다.

항복할 수 없는 상황.

그랜드 포스 마스터 일인이라면 어찌해 볼 수 있겠지만 인간 역사상 전무후무한 대마도사와 대정령사의 합공을 마탑은 막아낼 수 없었다.

그리고 황제의 법률에 복종의 맹세를 서약했다.

지금도 마탑의 입구에 놓여 있다는 서약서들.

300년 동안 마탑은 그렇게 숨을 죽였다.

마탑의 마법사들이 아니더라도 제국에서 소용되는 대부

분 마법사들은 제국 황실 마탑에서 배출되었다.

'요즘 마법사들 분위기가 요상해.'

옛 나의 가문에도 마법사가 존재했다.

두 자작가와 세 남작가를 책임지는 백작가로서 마법사가 없다면 이상한 일.

영주성의 여러 마법적 편의 장치와 영주의 위엄을 위해서 4서클 마스터 마법사가 영지에 상주했다.

마탑 출신은 아니더라도 제법 이름있는 마법사의 제자로 나에게는 그리 기억에 없는 마법사.

언제나 배당받은 자신의 연구실에서 마법 시약을 만들고 각종 마법을 연구하던 마법사의 모습.

영지민들에게는 기사보다 더 공포스러운 마법사라는 존재는 나에게도 썩 유쾌한 이는 아니었다.

망해가는 가문의 기세를 알았음인지 그리 친절하지 않았다.

큰 키에 비쩍 말라 파리한 유네크라는 마법사는 가끔 악몽에 찾아올 정도로 두려운 대상이었다.

그가 온 이후로 마법사는 나에게 있어 존경받지 못할 인물들로 찍혔다.

세상에 나온 이후로도 확실하게 확인되었다.

용병을 하다 보면 여러 일을 겪고 그중에서 마법사들과

동행할 수 있는 일이 많았다.

마탑 소속 마법사들의 숫자가 1,000명으로 제한되었지만 마탑에서 나오거나 개인적으로 마법을 수련하며 제자들을 키우는 이들도 부지기수.

마나의 감응력이 무디고 마법 습득력이 떨어지는 이들은 먹고살기 위하여 귀족가의 식객이 되거나 전투 마법사가 되어 용병처럼 상단에 둥지를 틀게 되었다.

'하나같이 성질이 괴팍했지.'

그런저런 이유로 만났던 여러 마법사들.

언제나 홀로 고귀한 듯 자세를 취하며 자신과 사람들을 구별했다.

딱딱하고 맛없는 보리빵 같은 존재들이었다.

'어릴 때는 마법사가 될까도 생각했는데…….'

영지 마법사 유네크가 오기 전에 나이 많은 마법사 할아버지가 한 분 계셨다.

많은 기억이 나지는 않았지만 나를 위하여 작은 마법 불꽃놀이를 즐겨 보여주셨던 마법사 할배.

어느 날 소리도 없이 영지를 떠나지 않았다면 난 마법사가 될 수도 있었다.

마법사.

기사들과 정령사들에게는 포스라 불리는 대자연의 기운을 마나라 부르며 그것을 흡수하여 심장에 서클을 형성하여 축적하는 자들.

과거에 서클 마법이 정립되기 전까지는 주술사라 불리던 이들이었지만, 유형화되고 체계적인 서클 마법의 등장으로 마법사라 칭해지며 세상에 현실화된 실존적 환상을 보여주는 특별한 이들이 마법사였다.

자연을 구성하는 바람과 불, 물과 대지의 기운을 중시함은 정령사와 비슷했지만 신처럼 부르는 마나는 그들에게 특이한 경험을 준다 하였다.

마나를 처음 접할 때 마음과 몸이 열리며 심하게 떨리는 증상, 온몸이 화끈 달아오르며 머리가 좌우로 흔들리는 현상, 뒷목이 뻣뻣해지고 온몸이 근질거리며 가려움 증상까지 발생한다고 들었다.

그리고 후에는 어지간한 질병에는 걸리지도 않고 작은 상처는 빠르게 치유가 되는 육체적 강건함을 소유하게 된다고 하였다.

기사들이나 정령사들도 포스가 깊어지면 그런 현상들이 비슷하게 나타났다.

특히 정령사들은 정령과의 교감이 강해지면 세상의 모든 자연 현상을 꿰뚫어 볼 수 있는 예지력도 발생하였다.

그러나 기사나 정령사와 달리 마법사는 결정적인 차이가
존재하였다.

그것은 바로 마법사들은 신을 모시는 신관들처럼 강신
현상이 나타난다는 것이다.

직접 보지는 못했지만 심장에 서클을 모으면 모을수록
신을 영접한 신관처럼 몸에서 맑은 향기가 난다고 하였다.

시원하고 밝은 에스트로 꽃을 닮았다 하여 에스트로 증
상이라 불리는 이 현상.

기사와 정령사와 확연히 구별되는 마법사들만의 특징이
다.

정령사도 특이한 현상이 존재했다.

정령족을 소환할 수 있는 정령사가 될 때부터 정령이 소
유하고 있는 속성에 대한 저항력과 공격력이 증폭하는 현
상.

이것을 정령사들은 정령동화능력이라 불렀다.

'진리를 터득했다고 주저리주저리 떠들며 혼자 잘난 맛
에 살아가는 것도 축복이겠지.'

마법사들은 그런 현상 때문인지 자신의 신념이 아주 확
고했다.

그렇기에 그들에 찍히는 순간 엄청 골치 아프다는 사실
은 대부분의 사람들이 알고 있다.

'마나가 자신들의 신이라니……. 쯧쯧.'

그런 까닭에 마법사들은 신을 믿지 않았다.

신관들과 사사건건 대립하는 이유는 마나 자체가 주는 강신현상에 취해 마법사들은 신을 인정하지 않는 것.

신 대신 마나를 믿는 자.

그들이 바로 절대 이해 불가능, 뒤끝 작렬, 딱딱한 썩은 보리빵 맛을 몰고 다니는 재수탱이, 늙어 벽에 똥칠한 거 떼어 먹고 소화시켜 또 떼어 먹어서 죽을 만큼 질긴 마법사라는 족속들이었다.

'오늘은 어느 마탑부터 시작할까나.'

눈 내리고 날이 추워졌기에 대로임에도 사람은 그리 많지 않았다.

추운 겨울날에 급한 일이 아니면 상단들도 이동하지 않았고, 서부 고원 대륙의 원정이 끝났기에 용병들 주머니는 넉넉했으며, 병사들도 장벽에 배치되어 데론 성에는 그리 많이 존재하지 않았다.

더욱이 이곳 사거리는 마탑들의 보이지 않는 경쟁으로 인하여 언제나 치열한 기운이 소용돌이치는 곳.

지금 내가 서 있는 모습도 어디에선가 관찰하고 있을 것이리라.

그러나 누구 하나 문을 열고 나타나지 않았다.

마탑들의 마지막 남은 자존심이 호객 행위를 허락하지 않음이었다.

스윽.

가죽 주머니 안에서 금화 하나를 꺼내 들었다.

이름도 모르는 황후의 얼굴이 그려져 있는 제국 황실 발행 금화.

팅!

가볍게 손바닥 위에 놓고 손가락을 팅겨 돌렸다.

"오늘은 발류샤부터~!"

황후의 머리통이 발류샤 마탑을 향하고 있었다.

저벅저벅.

기분 좋게 쌓여 있는 눈을 밟으며 황금 마나 스태프와 미스릴 검을 상징으로 사용하는 발류샤 마탑 지부를 향해 걸어갔다.

용병들에게 가차없이 눈탱이를 후려치는 마탑들.

오늘은 나를 위해 헌신 봉사할 차례였다.

딸랑딸랑.

두툼하고 단단한 발류샤 마탑의 문을 열고 들어서자 밝고 경쾌한 방울 소리가 울렸다.

'종도 미스릴이라니…….'

누구에게도 지기 싫어하는 마법사들답게 별로 중요시하지 않는 입구의 종조차 마법 금속 미스릴로 만들어져 있었다.

미스릴.

마법 전도력과 저항력에 이어 물리적 방어력 또한 남다른 신이 내린 마법 금속.

연금술이 꾸준히 발달한 지금도 완벽하게 활용법을 찾을 수 없는 불가사의한 금속이 바로 미스릴이었다.

과거에는 불의 신 헤바타의 후손이라는 드워프들과 인간들보다 더 오래되고 뛰어난 마법 지식을 바탕으로 엘프들만이 사용할 수 있다는 마법사들의 황금이 바로 미스릴이었다.

일반 대장장이들은 절대 용해할 수 없고 각 마탑에 설치된 마법 화로에서만 녹여 사용할 수 있었다.

마정석과 더불어 미스릴은 마법사들에게만 허락된 차원이 다른 광물이었다.

파팟.

'손님이 왔으면 고개를 숙이고 냉큼 어서옵쇼를 날려야지. 죽어도 저 모가지들은 부러지지 않을 것이야.'

익히 알고 있는 마법사들의 싸가지.

추울 때나 더울 때나, 비가 올 때나 눈이 올 때나 언제나 새하얀 로브를 착용하고 있는 마법사가 보였다.

공식적으로 마법사라 불리는 3서클 마법사가 될 때부터 하사받는 마법사들의 또 다른 증명품.

마법으로 처리된 특수 실을 이용하여 제작되어지는 마법사들의 새하얀 로브.

일반적으로 상인이나 여행자들이 착용하는 로브와는 천지차이였다.

모양은 비슷했지만 격이 달랐다.

활동성과 편의성, 보온성 및 방수성을 중시하는 일반 로브와 달리 강조성, 특별성, 잘난 체를 중시하는 마법사들의 로브.

움직임이 불편할 정도로 폭이 넓고 통이 컸다.

마치 국왕이나 황족들이 착용하는 기다란 드레스 형태의 예복처럼 마법사들의 로브도 그러한 모양이었다.

거기에다 둘러 입는 형태로 목덜미와 가슴 부근을 덧대어져 있는 한 겹의 숄 형태의 옷자락.

가슴 부근에는 마탑의 상징물이 눈부시게 빛나고 있었다.

'전쟁터에서도 절대 벗지 않는다고 했지.'

일반 병사들에게는 공포의 존재이며 대범위 마법을 펼칠 수 있기에 지휘관들에게 골치 아픈 존재인 마법사들.

마법 창과 화살이 난무하는 가운데서도 마법사들은 절대 로브를 벗지 않았다.

신관들이 자신들의 옷을 신이 주신 축복이라 여기며 성스러워하듯 절대 죽음 앞에서도 로브 자락에 먼지 하나 묻히려 하지 않는 마법사들.

손목에는 자신들의 수준을 나타내는 금실과 미스릴 실을 사용하였다.

3서클에서 4서클 마법사는 금실의 테를, 5서클 이상의 마법사는 미스릴 실로 서클 수만큼 테를 만들었다.

누가 봐도 어느 마탑의 몇 서클 마법사라는 사실을 한눈에 확인할 수 있었다.

'죽으려면 뭔 짓을 못하겠니.'

그렇기에 마법사들은 전투 시에 척결 대상 1위였다.

'용병 마법사들은 그렇지 않는데……. 그놈의 자존심이 뭔지.'

마법적 재능이 떨어지고 이렇다 할 후원자가 없는 마법사 상당수가 용병이 되었다.

3서클 마법사만 되더라도 2급 이상 대우를 받았고, 그 가진 바 실력에 따라 부수적 수입도 만만치 않았다.

그러나 돈을 많이 벌지는 못했다.

마법 사용 시 들어가는 각종 마법적 물품.

특별하기에 가격이 상상을 초월했다.

마나 스태프에 들어가는 어지간한 마정석 하나만 하더라도 보통 금화 1,000개부터 시작되었다.

거기에 더하여 마법진을 구성할 때 사용하는 마정석 가루나 기타 마법 금속 등등.

마법사가 사용하는 마법적 재료는 모두 가격이 상당하였다.

'그거에 비하면 정령사는 얼마나 편리하고 실용성이 좋은지 몰라.'

마법사와 달리 정령사는 달리 드는 돈이 없었다.

소환 계약만 맺으면 힘닿는 대로 소환하여 사용하면 그만이었다.

"아르테온, 오늘은 무슨 일인가?"

안으로 들어서서 잠시 생각에 빠져 있자 익숙한 이의 목소리 하나가 들려왔다.

"멜페르 마법사님, 그동안 마나의 축복이 가득하셨는지요. 하하!"

마법사들에 던지는 인사를 올리며 멜페르라 불리는 마법사를 향해 상큼한 미소를 날려주었다.

"마나의 축복은 무슨……."

데론 성 발류샤 마탑 지부의 지부장 멜페르.

평소에는 자신의 지부 위층에 있는 연구실에서 잘 나오지 않았건만 오늘은 1층 판매 로비에 나와 있었다.

'흐음, 마탑에 들어오면 냄새 하나는 좋다니까.'

머리를 맑게 해주는 약초를 사용하여 방 안 공기를 청결하게 유지하는 마법사들 때문에 마탑 지부에 들어서면 머리가 맑게 개었다.

"얼굴 혈색이 더 좋아지셨습니다. 반년 전에 뵈었건만 더 젊어지신 것 같습니다."

"그래?"

'에휴, 그 말을 진심으로 믿나.'

예의상 던진 말이다.

내가 오기 전부터 멜페르는 이곳 마탑 지부의 지부장이었다.

올해 나이 쉰을 살짝 넘은 멜페르 마법사.

둥글 넙적한 얼굴에 육체적 일을 싫어하는 마법사의 표준처럼 배가 불룩 튀어 나와 있는 살짝 대머리 중년 아저씨의 모습.

어디 가서 대접깨나 받을 수 있는 5서클 유저 마법사지만 지부에서 마법 물건을 팔고 있었다.

스승 줄을 잘못 잡아 마탑에서 한계가 정해져 버렸다는 말을 소문으로 들었다.

발류샤 마탑의 탑주나 부탑주 줄이 아닌, 스승은 고작 6서 클의 마법사.

마탑도 인맥이 중요하기에 아주 특별난 재주가 없다면 미래가 정해져 있다고 하였다.

멜페르도 그런 이들 중의 하나.

아마 이곳에서 은퇴하거나 마탑에 돌아간다 해도 이런저런 한직을 전직하다 한 많은(?) 마법사의 인생을 마감할 것이리라.

'여자도 멀리하고 먹는 것도 조심해야 한다 했지. 사람으로 태어났다면 적어도 잘 먹고, 잘 자고, 잘 싸야 하는 법인데, 참으로 불쌍한 존재들이야.'

일반들에게는 공포의 군림자이며 도도한 마법 학문을 수련하는 수행자들이건만 내 눈에는 아주 불쌍한 이들로 보였다.

마법사가 되는 순간부터 서클을 높이기 위한 깨달음을 얻으려 고난의 행군을 걷는 마법사들.

염분이 적게 들어간 담백한 자연식 위주의 식단을 평생 먹어야 하며, 여자를 접해 정신을 빼앗기지 말아야 한다고 들었다.

온전한 바람과 불, 물, 대지의 사대 마나를 유지하기 위하여 매일 정신과 육체를 신을 모시는 수행자처럼 살아야 하는 마법사.

그들을 볼 때마다 정령사가 되기를 백번 천번 잘했다는 생각을 아니 할 수 없었다.

"물론입니다. 여기 계시는 다른 마법사님들께 물어보시면 알 것입니다. 안 그렇습니까, 마법사님들?"

"그, 그렇습니다. 멜페르님께서 요즘 더 젊어지신 듯합니다."

"아르테온 말처럼 마나의 축복이 함께하시는 것 같습니다."

"경하드리옵니다."

'놀고들 있네. 쯧쯧.'

갑작스러운 내 물음에 의하며 앞다투어 아부성 발언을 뱉어내는 1층 로비의 마법사들.

멜페르만큼이나 능력도 줄도 없기에 마법 수련 대신에 물건을 사고파는 상인 마법사가 된 그들은 자신들의 목숨줄을 잡고 있는 멜페르에게 잘 보이기 위하여 침을 튀겼다.

마탑 마법사의 숫자가 법으로 정해져 있기에 한계 능력에 부딪친 마법사들은 마탑에서 축출되고 새로운 이들을 받아들였다.

먹여주고 재워주고 연구비까지 지원되는 마탑에서 마법

수련만 하던 자존심 강한 마법사들이 거친 세상을 어찌 버틸 수 있단 말인가.

더욱이 밖으로 나오면 마탑에 매년 일정 금액 이상 성의를 표해야 한다고 들었다.

그렇기에 마탑의 마법사들은 무슨 수를 쓰더라도 마탑에 붙어 있으려 하였다.

세상에 나가면 먹고살기 위하여 귀족이나 돈 많은 상인의 후원을 받아야 했다.

그리고 그 대가로 귀족들의 연회장에서 자존심에 상처를 받아가며 마법으로 분위기를 돋워야 했으며, 상인들의 위험한 상행도 따라가야 했다.

'바뀐 물건은 별로 없군.'

제법 커다란 1층에는 각종 마법 물품이 가지런히 정리되어 있었다.

체력을 강하게 만들어주는 체력 포션부터 정신 집중 포션, 용병들이 가장 많이 찾는 상처 치료 포션들까지 약 수백 병의 포션이 한쪽 벽면을 채우고 있었고, 온도를 보전해주는 마법 천과 마법적 처리를 거쳐 강도가 뛰어난 갑옷이나 무기류가 다른 벽면을 차지했다.

데론 성에 거주하는 용병이라면 한 번씩은 찾아와야 하는 마탑 지부.

전투가 벌어지더라도 동료의 온정을 기대할 수 있는 확률이 낮은 용병들이었기에 자신의 몸은 스스로 치료해야 했다.

제국 군단과 함께 출진하면 신관들이 귀족들 때문에 동행하는 경우가 많았지만 그들의 손길이 일반 병사나 용병들에까지 전해지지는 않았다.

신성력을 무한하게 사용할 수 있음이 아니었기에 귀족들과 기사들의 상처를 돌보는 데도 신관들은 벅차했다.

그렇기에 용병들은 돈 주고도 구할 수 없는 성수를 대신하여 비교적 저렴한 마법사들이 제조한 포션을 애용하였다.

일반적으로 알려진 재생 능력이 뛰어난 트롤의 피나 각종 몬스터의 피와 여러 약초를 배합하여 만들어내는 치료 포션.

마탑에서 제조된 포션들은 효과가 비슷하였기에 아무 마탑에서 구입해도 그만이었다.

다만 포션의 질에 따라 치료 효과의 범위와 시간, 고통이 달랐기에 가격이 달라졌다.

'저 작은 하급 포션 한 병에 금화 열 개라니…….'

녹색으로 빛나는 하급 포션 병을 바라보며 쓴 입맛을 다셨다.

칼에 베이거나 몬스터에 살점이 물렸을 때 반드시 포션을 사용해야만 한다.

몸이 재산인 용병이었기에 전투력을 상실하면 바로 계약이 해지되거나 위험할 시에는 버려졌다.

그러하기에 실력있는 용병들은 돈을 모으면 어지간한 포션 한두 병은 예비적으로 가지고 다녔다.

'푸른 중급 포션이 금화로 30개, 깊은 상처까지 치료할 수 있지만 너무 비싸.'

도끼나 몬스터의 이빨에 허벅지나 등덜미가 찍혔을 때 사용하는 중급 포션.

내 평균 소득으로 석 달을 벌어야 한 병을 구할 수 있었다.

'뼈가 박살 나거나 거의 떨어져 나갈 때 사용하는 상급 포션이 금화로 100개. 정말 저걸 볼 때마다 눈물이 난단 말이야.'

나도 소유하고 있는 상급 포션.

한 번 병마개를 열면 바로 사용해야지, 쓰지 않는다 해봐야 다시는 사용할 수 없는 포션.

깊은 상처를 입었을 때 아끼지 말고 뿌려야 했다.

'으으으, 고통만 아니어도 그래도 쓸 만한데.'

몇 번 사용해 본 적 있는 포션들.

그때마다 느꼈던 살인적인 재생 고통을 생각하면 밥맛이 뚝 떨어진다.

상처에 포션을 뿌리면 하얀 수증기와 함께 부글부글 거품이 피어올랐다.

그리고 그 뒤를 엄습하는 고통.

뾰족한 쇠침으로 수백, 수천 번을 찌르는 것 같은 지독한 상처 재생의 아픔은 당해보지 않는 자들은 말할 자격이 없다.

"그런데 오늘은 무슨 일인가?"

"하하! 용병이 무슨 일로 마탑에 찾아오겠습니까. 쓸 만한 물건을 팔거나 구입하기 위함이 아니겠습니까."

"그래? 이번 원정에서 좋은 원석이라도 구했나?"

돈 냄새를 맡고 킁킁거리는 멜페르와 여러 마법사들.

마탑 지부 자리도 그냥 주어지지 않음이다.

일정 이상의 성과를 보이지 않으면 마탑 지부의 평안한 생활에서 쫓겨나 직접 마법 재료를 채취하는 잡일꾼 마법사로 전락할 수도 있었다.

그렇기에 눈을 반짝이는 네 명의 마법사.

'슬슬 미끼를 던져 볼까?'

스윽.

들고 있는 황금 주머니는 놔두고 가죽 흉갑과 몸통 사이의 빈틈에서 작은 달걀만 한 발광마정석 하나를 꺼내었다.

용병이라면 대부분 중요한 물건을 갑옷 안쪽 비밀 주머니를 만들어 넣어두었다.

파앗!

발광마정석 특유의 은은한 푸른빛이 마탑 지부를 밝혔다.

"호오! 발광마정석이군."

"사, 상품입니다."

"오랜만에 보는 제대로 된 발광마정석이다."

멜페르를 비롯하여 마법사들의 입에서 탄성이 터져 나왔다.

'이거 돈 좀 되겠는데?'

사실 나도 이런 발광마정석을 본 적이 없다.

어릴 적 내 가문에도 발광마정석은 존재했지만 아버지 서재에만 존재했다.

그것도 은은한 푸른빛이 아닌 중급의 조금은 탁한 금빛.

구하기도 처음 구하고 팔기도 처음이었기에 마법사들의 눈치를 살폈다.

"어렵게 구한 발광마정석입니다."

"좋은 물건이야."

그윽한 눈빛으로 발광마정석의 빛을 보던 멜페르가 고개

를 끄덕이며 좋은 물건이라 칭찬하였다.

"얼마 정도 받을 수 있을지……."

파바밧.

가격 얘기가 나오자 마법사들의 안색이 바뀌었다.

마법 연구에 사용할 수 없는 자잘한 마정석이나 마정석 가루를 이용하여 마법 아이템을 만들어 팔거나, 포션을 팔아 마탑의 재정을 충당하는 마법사들.

가격에 민감할 수밖에 없었다.

마탑의 그늘 아래에 살기 위해서는 반드시 필요한 성과.

"아르테온, 나와 함께 차나 한잔하세나."

멜페르가 부드러운 미소를 지으며 차나 한잔하자고 꾀었다.

'차씩이나 마시자고?'

용병 일을 하다 보면 마탑과 거래를 아니 할 수 없다.

오우거나 트롤, 에피온, 드라비수 같은 상위 몬스터들을 잡다 보면 부산물이 나왔다.

거기에다 전투 중에 습득한 마법 물품이나 마정석 같은, 마탑과 거래할 수밖에 없는 물건들이 나오면 마탑을 찾아갔다.

뭣도 모르는 용병들은 눈탱이를 맞지만 나 같은 이들은 흥정을 통하여 제대로 값을 받았다.

"그런데 그거 하나는 아닌 것 같은데……. 몇 개나 있는가?"

작은 눈동자를 어슴푸레 뜨고 발광마정석의 개수를 파악하려는 멜페르.

"몇 개 가지고 있습니다. 그런데 제가 바빠서 그런데 차보다는 얼마나 받을 수 있을지……."

거래의 기본인 적당히 치고 빠지면서 밑천을 완벽하게 보이지 않는 기술을 펼쳤다.

"솔직하게 말함세. 보기 드문 상등품의 발광마정석이네. 자네 손에 있는 정도라면 개당… 금화로 200개를 주겠네."

'헉! 2, 200개!'

생각보다 훨씬 괜찮은 가격이었다.

지난 몇 개월간 목숨 걸고 뭣 나게 획득했던 급료보다 훨씬 많은 수익금.

내심과 달리 표정은 변하지 않았다.

"흐음, 생각보다 가격이 낮군요."

"나, 낮아?"

"네. 그것도 상당히 말입니다."

곧 떠날 데론 성 마탑 지부.

언제 어디서 다시 만날지 모르는 인연이었기에 얼굴에 철판을 깔고 그동안 갈고닦은 상인의 기질을 유감없이 발휘했다.

"220개 주겠네."

'와우! 20개가 순식간에 붙네.'

장사는 흥정이 맛이라고 했던가.

마음속에서는 감탄사가 연신 터져 나왔지만 얼굴 표정은 심각하게 변하였다.

"아쉽게도 발류샤 마탑 지부와는 거래할 수가 없을 것 같습니다. 다음에 뵙겠습니다."

냉정한 자세를 유지했다.

지금껏 마탑도 나에게 물건을 팔아먹을 때 이렇게 고자세를 유지했다.

아쉬운 놈이 고개를 숙이는 것이 세상 법칙.

내가 비록 어설픈 포스를 다루는 3급 용병이지만 지금은 마탑의 중요 고객 신분.

당당하게 어깨를 펴고 등을 돌렸다.

저벅저벅.

"250개!"

등 뒤에서 들려오는 250개라는 외침.

'후후, 오늘 대박 한번 쳐보자!'

예전 같았다면 앞으로 봐야 할 친분 때문에라도 적당한 가격 선에서 흥정을 마쳤을 것이다.

그러나 오늘은 아니었다.

지난 3년간 내 청춘을 빼앗아갔던 데론 성.

오늘 제대로 뽕을 뽑아 떠날 참이었다.

"개당 310개 주겠네."

"안녕히 계십시오."

"어, 어디를 가나?"

"도로크 마탑 지부로 갈 겁니다!"

"330개!"

저벅저벅.

'흐흐, 330개까지 올랐다!'

보석이나 마정석, 그리고 내가 소유하고 있는 발광마정석 같은 경우에는 가격이 따로 없었다.

필요한 자가 구입하는 가격이 그 물건의 합당한 가치인 것.

발류샤를 나와 델코르 마탑을 거쳐 내 걸음은 도로크 마탑으로 향했다.

뒤끝 지독한 마법사들과 원한을 맺고 싶지 않았지만 지금은 이것저것 따질 때가 아니었다.

황성으로 가서 버틸 수 있는 최대한의 자금을 마련하는 것이 목표.

덜컹.

"350개 주겠네!"

마탑의 문을 열고 따라 나와 외치는 델코르 마탑 지부 지부장의 처절한 외침.

휘이이잉.

'그것참 시원하다.'

차갑고 시린 바람이 기쁜 흥정에 들떠 있는 내 얼굴을 쓰다듬고 사라졌다.

'이거 제대로 한몫 챙기겠는데.'

얼마 지나지 않으면 소문이 날 수도 있었다.

이렇게 마탑과 대놓고 흥정한다면 입 무겁고 자존심 강한 마법사들도 주변인들에게 뻥긋할 수 있는 법.

빠르게 물건을 정리하고 튈 생각밖에 없었다.

'변태 잡종 엘프에게는 죽어도 못 줘!'

돈 냄새를 배고픈 개새끼처럼 잘 맡아내는 하르케니스에게 피 같은 내 돈을 나눠 주기 싫었다.

내 목숨을 가지고 도박질을 하는 하프 엘프에게 신들이 주신 복을 어찌 분배한단 말인가.

덜컹.

"아르테온, 어서 오게."

'호오, 성의가 장난이 아니시군.'

죽으면 자존심하고 뼈밖에 안 남는다는 마법사님들께서 손수 문을 열어주는 도로크 마탑 지부.

"마나의 축복이 함께하시기를……. 잘 지내셨습니까, 파르티스 마법사님?"

"자네 덕분에 잘 지냈네. 추운데 어서 들어오게나."

끼이익.

사거리 마탑 지부의 창문과 문이 열리는 소음이 곳곳에서 들려왔다.

조용하던 데론 성 마탑 지부 거리.

나로 인하여 팽팽한 긴장감이 감돌았다.

"감사합니다."

5서클 유저인 파르티스 지부장이 손수 문을 열어주었다.

내가 이곳저곳 마탑을 오고 가는 모습을 지켜보고 있었을 도로크 마탑 지부의 감시원.

심상치 않은 물건을 내가 소유하고 있음을 알아채고 지부장에게 보고하였음이 분명했다.

"뭣들 하느냐. 귀한 손님이 찾아왔다. 라포포 차를 내오너라."

"알겠사옵니다."

다른 마탑과 달리 1층 로비에 접대용 탁자를 비치하고 있는 도로크 마탑 지부.

작은 키에 통통한 체격의 파르티스 지부장이 감히 평상시에는 나 같은 용병은 바라보지 못하는 4서클 마법사에게 차 심부름을 시켰다.

'세상 오래 살고 볼 일이라니까. 흐흐.'

4서클 마법사가 타오는 귀한 차를 마시려니까 기분이 절로 좋아졌다.

"지부장님, 제가 시간이 없어 바로 말씀드리겠습니다. 우연찮게 발광마정석을 얻게 되었는데 다른 마탑에서는 터무니없는 가격을 불러 데론 성에 계시는 마법사님 중에서 평소 존경하옵고 공명정대하시다 생각하는 대도로크 마탑 지부의 지부장님이신 파르티스님을 찾아뵙게 되었습니다."

3년 동안 수백 번 마탑을 이용하였기에 지부장들과 안면이 있었다.

한 푼이라도 더 벌겠다고 위험한 일을 도맡아했던 나이기에 돈 되는 마법 재료들을 히모르 산맥에 가서 구해온 적이 다수 있었다.

거기에 포션과 위험할 때 사용하는 마법 무기들을 구입하였기에 제법 중요한 손님 취급을 받았다.

결정적으로 상위 몬스터인 에피온을 잡아 그 뼈와 피를 마탑에 돌아가면서 팔았기에 나를 모르는 마탑 지부장은 없었다.

"잘 찾아왔네. 귀한 발광마정석을 다른 마탑의 흐리멍덩한 마법사 놈들이 가치를 알아볼 리가 없지!"

'참 마법사들 상대로 장사하기 쉬워요.'

아부 섞인 발언에 고개를 끄덕이며 만족해하는 파르티스 지부장.

어지간한 마법 물품을 구매할 때는 자신들끼리 정한 정찰 가격이 있기에 쉽게 깎아주지 않았다.

다만 오늘같이 상품의 물건을 팔 때는 이야기가 달랐다.

파아앗.

다시 한 번 품 안에서 나와 반짝이는 은은한 푸른 발광마정석.

"상품이야!"

마정석과 같이 다른 마나를 담는 힘은 없지만 빛의 마나를 수천 년 동안 뿌려내는 발광마정석.

순수한 빛의 농도와 매끄러운 발광마정석의 표면을 보더니 한 번에 상품임을 알아챘다.

"방금 전 들으셨나 모르겠지만 델코르 마탑 지부장이신 이드로님이 제국 금화로 350개를 주신다 하셨습니다."

"흐음……."

적지 않는 가격에 살짝 놀라는 파르티스.

'얼마나 자존심이 강한지 한번 볼까나.'

이런 날을 위하여 길고 긴 날을 눈물을 머금고 헐값에 물건을 팔고 구매했다.

힘없는 자의 서러움을 제대로 만끽하였던 지난날.

분명 나에게서 금화 한두 개를 받고 떠났던 물건이 마법사의 손을 거쳐 적게는 열 배에서 많게는 수십 배로 폭등하는 것에 얼마나 속이 뒤집어졌던가.

"칼만 안 든 도적놈들이군. 이렇게 귀한 발광마정석은 이런 곳에서 일 년에 한두 번 보는 것도 힘들거늘……."

'쯧쯧. 제가 보기에는 다 똑같거든요.'

용병이나 세상 사람들이 보기에 마법사들은 진짜 칼만 안 든 도적놈들.

자신들의 모습은 살피지 않는 마법사들의 우둔함에 혀를 찼다.

"정확히 일곱 개가 있습니다. 그리고……."

"일곱 개씩이나!"

내 뒷말을 듣지 못하고 일곱 개라는 말에 깜짝 놀라는 도로크 마탑 지부의 지부장 파르티스.

수천 개의 금화가 오고 가는 거래에 지부장이 놀라지 않을 수 없을 것이다.

아무리 데론 성의 지부장이라 하더라도 이런 대형 거래는 드문 일.

용병들이 구입하는 하급 포션 수백 개를 팔아야 얻을 수 있는 일이기에 어지간한 금화에는 무감각한 고위 마법사가 놀라워했다.

솔직하게 나도 지금 내가 벌이는 일에 정신이 없었다.

말이 좋아 금화 수천 개지, 일개 3급 용병이 취급할 수 있는 액수가 아니었다.

적어도 지방 귀족들이 입에 담을 수 있는 금화 수천 개의 가치.

판매만 된다면 미스릴 합금 마법 갑옷도 구입할 수 있는 엄청난 금화였다.

'만약 이게 마정석이었다면… 영지도 살 수 있겠지.'

발광마정석과 또 다른 가치를 소유하고 있는 마정석.

다이아몬드보다 더 단단하고 그 안에 자연의 힘을 응축, 사용할 수 있는 광석이 바로 마정석이었다.

크기와 순도 마나의 응집력과 출력의 지속성과 강도에 따라 최소 금화 천 개부터 시작하는 마정석은 마법사들이나 귀족이 아니면 사용할 수 없는 고가품이었다.

마법사들이 들고 다니는 마나 스태프에 박혀 있는 조그마한 마정석 하나만 해도 엄청난 가격.

마법사들이 지름신의 선택받은 이들이라 불리는 이유가 바로 이것이었다.

마법 처리된 실을 사용하여 제작된 로브부터 시작하여 마나 스태프, 하다못해 먹는 것까지 까다롭고 고급스러움을 추구할 수밖에 없는 운명이었기에 대우를 받는 것이다.

한 명의 쓸 만한 마법사를 키우기 위해 들어가는 돈은 상상을 불허하였다.

'아무리 생각해도 마법사가 아닌 것이 정말 다행이야.'

엄청난 마나에 대한 특출 난 감각이 존재하지 않는 한 평민이 마법사가 될 확률은 그리 크지 않았다.

마나에 대한 감응력도 중요하지만 마법을 사용하기 위해서는 지식에 대한 이해력도 뛰어나야 했기에 글자도 모르는 평민 아이들은 마법사가 될 확률은 아주 적었다.

고위급 마법사가 우연찮게 발견하여 어릴 적부터 육성하지 않는다면 방대한 마법적 지식을 습득할 수 없는, 나이가 어느 정도 든 평민은 마법을 배울 수조차 없었다.

그렇기에 작금에 마법사가 되기 위한 조건은 마나에 대한 감응력과 함께 집안의 재력, 특출 난 머리를 요구하였다.

특히 중요한 요소가 바로 돈.

집안이 대귀족이거나 대상인의 후예에 어느 정도 재능만 있다면 4서클까지는 마탑의 체계적인 교육법으로 마법사가 될 수 있었다.

"좋네! 그 정도 개수라면 내가 금화 400개씩을 쳐주겠네!"

'와우!'

400개라는 말에 드디어 입에 미소가 감돌았다.

그 누구라 하더라도 마법사에게 발광마정석으로 400개씩 받아낼 수는 없을 것이다.

상단에서도 발광마정석을 구입하겠지만 이걸 가지고 마법적으로 응용하여 귀족들에게 팔아먹을 수 있는 마탑만큼 제값을 쳐주지는 않을 것이다.

'더 이상 흥정할 것도 없다.'

아직 엘크리안 마탑이 남아 있지만 그곳에 가고 싶지 않았다.

대륙의 마탑 중에서 가장 강력한 힘을 행사하는 엘크리안 마탑.

현 제국 황실 마탑의 탑주가 엘크리안 마탑 출신이며 마탑주와 형제라는 사실 때문인지 몰라도 제국 각지에 영향력이 극대화되었다.

본래 제국 황실에는 절대 마탑 출신의 마법사들이 들어올 수 없었지만 안타깝게도 황실 마탑에서 7서클 마법사를 배출하지 못했기에 마법사를 초빙할 수밖에 없었다.

그리고 제국과 황실의 균형을 잡아주고 있던 황실 마탑

은 급속도로 엘크리안 마탑 쪽으로 기울어지고 있었다.

　과거 제국을 건설했던 8서클 대마도사 할케이노의 진전을 받은 황실 마탑에 망조가 드는 순간이었다.

　'정말 그놈들은 재수가 없어.'

　용병들 사이에서도 평판이 좋지 않는 엘크리안.

　한번 그곳을 방문하면 반드시 물건을 팔거나 구입해야만 한다고 하였다.

　만약 엘크리안 마탑이 원하는 것을 팔지 않으면 각종 위협에 시달려야 했다.

　어지간한 귀족들과 기사들은 황실 마탑을 좌지우지하는 엘크리안 마탑의 눈치를 볼 수밖에 없기에 대륙 곳곳에서 평민에 불과한 용병들에게 귀족도 아니건만 거리낌없이 제재를 가했다.

　말도 안 되는 핑계를 대면서 용병의 신분증이라 할 수 있는 용병패를 회수해 가거나 마탑 감옥에 투옥하는 일이 비일비재했다.

　용병이 아니더라도 제국 황실의 여러 마법 물품을 공급받고 지원금까지 받았기에 세상 두려운 줄 모르고 행동하였다.

　"좋습니다! 역시 파르티스 마법사님은 용병들 사이에 흐르는 소문처럼 대범하시고 화끈하십니다!"

"하하, 뭐 이 정도를 가지고……."

칭찬을 언제나 고파하는 자존심만 남은 마법사.

연달은 아부에 입이 찢어져라 웃었다.

"그리고 이 물건 한번 봐주십시오."

"응? 발광마정석 말고 다른 게 또 있어?"

잠시 고민했던 오팔르 요새에서 얻었던 마법 금속함.

왠지 모르게 팔고 싶지 않았다.

보고 있자면 왠지 모를 슬픔이 느껴졌다.

'그 여인은… 어디로 갔을까…….'

거울 속으로 보였던 여인의 당황하던 그 모습.

기억이라는 게 한정되어 있어 웬만하면 그려지지 않을 것이건만 생각하면 할수록 뚜렷하게 여인의 얼굴과 자태가 떠올랐다.

곧 불어닥칠 비바람에 몸을 움츠리고 있는 꽃망울처럼 두려움과 당황함에 빠져 있던 은빛 반짝이던 하늘빛 눈동자.

'그래도 지금은 어쩔 수 없다.'

데론 성을 떠나면 무슨 일이 벌어질지 알 수 없기에 품에 둘 수 없었다.

모두 금화로 환산하여 상단에서 발행한 마법 보증패로 바꾸는 것이 제일 안전했다.

긴 여행 중에 필요 이상의 재화를 품고 다니는 것은 타인에게 어서 죽여 달라는 표시밖에 되지 않았다.

내 물건을 내 손으로 보호하기에 나는 강하지 않았다.

스윽.

가죽 갑옷 내부의 빈틈 속에 들어 있던 마법 금속함을 꺼내었다.

파아앗.

발광마정석과 구별되는 금빛이 마법 금속함 속에서 풍겨 나왔다.

그리고,

"헉! 이, 이것은!"

깜짝 놀란 마법사들의 탄성.

그그극.

파르티스를 비롯한 도로크 마탑의 마법사들이 놀라는 사이 마탑의 문을 열고 몇 명의 인물이 들어왔다.

'헛! 저, 저자는!'

들어오는 존재들의 모습에 눈동자는 더할 나위 없이 커졌다.

'제, 제국 황실 근위기사…….'

길가에서 마주치고 지나갔던 제국 황실 근위기사와 몇몇 일반 기사들이 마탑의 문을 열고 모습을 보였다.

투구를 한 손에 받쳐 들고 천천히 들어서는 그들의 모습.

쿵! 쿵!

심장이 빠르고 강하게 뛰기 시작했다.

어릴 적 나의 꿈이자 지금은 목표가 되어버린 제국 황실 근위기사.

그가 나를 향해 걸어오고 있었다.

Chapter 07
홍염의 정령기사

"대단한 정령 제어 마법 금속함이군요."

남자가 들어서며 경탄을 표했다.

부드러운 석양빛 붉은 금발이 살짝 웨이브져서 갑옷 위에 착용하는 두툼한 붉은 외투와 망토 위로 자연스럽게 흘러내렸다.

살포시 입가에 베어 문 두툼하지도 얇지도 않는 입술 사이로 고르고 하얀 치아가 드러나 보였다.

호기심과 감탄이 어린 금빛 눈동자는 맑고 시원했으며, 굵고 힘찬 콧날은 살짝 들어간 미간 사이에서 강렬한 인상을 주었다.

'하르케니스가 울고 가겠네.'

하프 엘프도 아니건만 잘생겼다는 말이 절로 나올 정도로 대단한 외모를 소유하고 있는 존재.

거리에서 말을 타고 펄럭이며 내 앞을 스치고 지나갔던 붉은 망토는 어느새 차분하게 기사의 전신을 가리고 있었다.

'키도 나와 비슷하고 황성에서 여자들 좀 울렸겠어.'

붉은 망토 밖으로 드러난 은빛 마법 갑옷의 건틀릿과 투구와 결합된 상체 갑옷 위로는 황가의 꽃을 상징하는 장미를 닮은 아모루 꽃이 미세한 붉은빛으로 양각되어 활짝 피어 있었다.

'언제 봐도 멋있단 말이야.'

멀리서 볼 때와 달리 가까이서 바라본 근위기사 전용 미스릴 합금 마법 갑옷은 나를 매료시켰다.

제국 황실 마탑에서 직접 제조되는 특별 마법 갑옷.

황실에 소속된 1급 대장장이와 마법사들이 정성을 다해 제조했다.

포스를 불어넣으면 가동되는 대마법 방어력은 무려 4서클 마법까지 방어가 가능했다.

거기에 더하여 물리적 방어력도 대단하여 일반 화살뿐

아니라 어설픈 포스 정도는 막아낼 수 있는 탐나는 물건.

왼손에 장착되어 있는 특수 방패는 기사들만의 특권을 나타냈다.

'더욱 탐나는 점은 행동함에 일체 불편함이 없다는 것이지.'

근위기사가 착용하는 갑옷은 외형적으로 편리해 보이지는 않았다.

사용자의 몸 굴곡에 따라 완벽하게 제작되는 기사용 마법 갑옷.

일반적으로 병사들이나 기사 수련생들이 사용하는 중갑과는 확연하게 차이가 났다.

그건 바로 손가락 관절 하나하나까지 인체의 구조에 따라 전혀 불편함 없이 사용할 수 있는 편리성과 적합성이 그것이었다.

미스릴 합금이라는 특수 금속 때문에 무게가 일반 강철 갑옷과 비교할 수 없는 마법 금속 갑옷.

신체의 부담을 줄어주기 위하여 방어 마법뿐만 아니라 경량화 마법이나 체온 조절 마법이 적용되었다.

대략 무게는 5크르 정도.

용병들이 즐겨 사용하는 대검이나 전투 도끼보다 가벼웠다.

마지막으로 정강이까지 올라와 갑옷을 흙으로부터 보호하고 있는 질 좋은 갈색 가죽 부츠.

하나부터 열까지 안 부러운 놈이 없었다.

"마탑에 황실 근위기사들께서 어인 일로…….."

5서클 마법사이건만 근위기사 앞에서 하대를 하지 못했다.

제국 황실의 권위가 마탑을 압도했기에 마탑의 마법사들은 수백 년간 기사 앞에서 어깨를 펴지 못했다.

"난 대카로크안 제국 황실 제5근위기사단 소속 카르드네스 레올 엘드얀이라 한다."

"엘드얀이라면… 헉! 홍염의 정령기사 엘드얀 후작 가문…….."

'홍염의 정령기사 가문!'

듣고 있던 마법사 한 명이 놀라며 입을 떡하니 벌렸다.

'어쩐지 무언가 수상한 냄새가 난다 했어.'

홍염의 정령기사 가문 엘드얀 후작가.

대제국에서도 단 열두 가문만 존재하는 대단한 명문가.

제국의 남서쪽 바다 건너 오베스 신성제국을 방어하는 중요한 구심점 역할을 하는 남부의 실력자였으며, 불의 정령 기사를 대대로 소환할 수 있는 고위 정령사를 배출하는 정령사 가문이었다.

스스스스슷.

들어올 때부터 뜨겁고 거친 기운이 느껴졌다.

특히 홍염의 정령기사라는 말이 나오자 더욱 강해지는 불의 기운.

'확실히 과거보다 감이 발달했다.'

대정령사를 배출했던 가문이었지만 저주를 받았는지 아버지 때부터 정령에 대한 감각이 무뎌졌다.

이유를 알 수 없는 감각의 저하.

한번 대정령사를 배출한 이들은 그 후손 대대로 정령사의 특징이 나타나건만 우리 가문은 아니었다.

마치 바람의 정령왕에게 찍히기라도 한 듯 말이다.

그러나 오팔르 요새에서 잠에서 깨어났을 때부터 변했다.

얼굴에 부딪치는 미세한 바람 속에서 정령수의 냄새를 맡을 수 있었고, 강을 지날 때에는 최상위 정령사에게만 느껴진다는 중간계 물의 정령들의 기운이 감지되었다.

그리고 오늘 불의 고위급 정령사인 엘드얀 후작가의 후손을 보자 확실하게 깨달았다.

붉은 기운이 날름거리며 카르드네스라는 제국 황실 근위기사에게서 느껴졌다.

"엘드얀 후작가를 이으실 로드님이십니다. 예를 갖추

시오.”

　마법사들이 놀라고 있자 카르드네스를 호위하는 듯한 기사 세 명이 눈살을 살짝 찌푸리며 예를 갖춰 달라고 청하였다.

　‘로드였군.’

　한때 나도 가문을 이을 로드였다.

　백작가 이상의 귀족가 계승자만 사용할 수 있는 로드라는 단어.

　제국이 통일되고 난 후에 초대 황제 라바운 알루 카로크 안은 귀족들의 위치를 정확히 확정하였다.

　황실 가문에는 이름과 가문 중간에 알루라는 호칭을, 백작가 이상의 고위급 귀족가에는 중간에 레올을, 그리고 하위 귀족들인 자작가나 남작가는 데론이라는 중간 호칭을 넣도록 한 것이다.

　그리고 영지가 없는 단승 작위만 있거나 기사 작위를 하사받은 이들은 루크라는 중간 호칭을 사용하였다.

　그렇기에 지금 눈앞에 서 있는 근위기사의 정식 이름은 로드 카르드네스 레올 엘드얀이라 불러야 했다.

　“로드 카르드네스님을 뵈옵니다.”

　5서클 마법사 파르티스가 인상을 굳히며 고개를 숙였다.

　마탑의 5서클 마법사라면 과거 여러 왕국 시절에는 어디

가서 백작위까지 받을 수 있는 능력자였다.

그러나 지금은 황권과 제국의 이름이 그 무엇보다 우선하는 통일 제국 시대.

후작이라는 대귀족 가문의 로드에게 5서클 마법사가 고개를 숙이는 것이 이상치 않았다.

"로드님을 뵈옵니다."

파르티스의 뒤를 이어 마법사들이 정중하게 고개를 조아리며 예를 올렸다.

제국 황실 근위기사라는 신분만으로도 대단하건만 열두 후작가의 후예라면 말하는 것이 입만 아플 일이다.

제국에 존재하는 3공국, 3공작, 12후작, 33백작가 중에 수위를 차지하고 있는 후작 가문.

과거라면 작은 왕국 정도의 권력 위치라 말할 수 있었다.

"네놈은 누구기에 로드님께 고개를 숙이지 않느냐!"

귀족과 기사의 신분이 밝혀지면 평민들은 바닥에 허리가 닿을 정도로 고개 숙여야 함이 법칙이다.

"처음 뵙겠습니다. 제국의 기둥이신 엘드얀 후작가의 카르드네스 로드님을 미천한 3급 용병이 문안 인사드립니다."

고개를 깊숙이 숙였다.

괜히 자존심 강한 기사들을 건드려 봐야 골치만 아팠다.

파르르.

하지만 뒷짐을 지고 있는 오른손에 힘이 들어감은 어찌할 수 없었다.

만약 내 가문을 빼앗기지 않았다면 이렇게 굴욕적인 인사는 건넬 필요가 없었다.

"건방진! 당장 무릎을 꿇고 다시 예를 올리지 못할까!"

파아앗.

호위기사의 몸에서 순간 일어나는 강력한 살기.

3급 용병 따위가 뻣뻣하게 다리를 굽히지 않고 서 있자 분노를 드러냈다.

'쳇, 누가 기사 아니랄까 봐.'

나에게 불같이 화를 내는 상당히 큰 키의 기사 놈.

제국 황실 근위기사는 아니더라도 폼을 보아하니 로드 카르드네스를 호위하는 엘드얀 후작가의 기사가 분명했다.

황실 근위기사가 착용하고 있는 미스릴 합금 마법 갑옷보다는 못하였지만 마법 갑옷임이 분명한 붉은 갑옷.

역시나 왼쪽 팔에 기사용 방패가 특수한 형태로 달려 있었다.

'불의 호흡법을 수련한 자다.'

카르드네스에게도 느껴졌던 불의 기운.

대자연을 구성하고 있는 사대 속성 중에서 가장 환하고 밝은 기운.

불의 정령족은 모두 여성체로 밝혀졌다.

다른 정령족과 달리 단일 여성체로 존재하는 불의 정령들은 차분할 때는 명백하고 지혜롭지만, 함부로 대하면 모든 것을 불살라 재로 만들어 버린다.

또한 불의 정령들은 자신이 여성체인 까닭인지 절대로 여성 정령사에게는 소환되지 않았다.

뿐만 아니라 불의 정령족을 소환하는 정령사들은 불의 정령족들에 복종해야 한다고 들었다.

인간 세상에 관여하는 바는 거의 없지만 불의 정령족들이 추구하는 바를 인간 소환사는 반드시 따라야 했다.

그리고 그 대가로 아주 작은 불의 정령수를 소환할지라도 큰 이득을 얻었다.

바람의 정령들처럼 힘이 강해야 쓸모있는 것과 달리 불의 정령들은 힘이 작아도 아주 요긴하고 화끈하게 사용되었다.

그렇기에 지금 나에게 분노를 표하는 기사의 몸에서 뜨거운 살기가 뿌려져 왔다.

정령수를 소환하는 정령사인지는 알 수 없지만 엘드얀

가문에서 전수되는 불의 호흡법을 통하여 포스를 수련한 것 같았다.

스으윽.

무릎을 꿇어갔다.

더럽고 치사하고 아니꼬웠지만 지금은 때가 아니었다.

내가 모든 것으로부터 자유로워질 수 있는 힘을 얻을 때까지 나는 나를 감춰야 했다.

"됐다. 그 정도면 충분하다."

그때 로드 카르드네스의 입에서 부드러운 한마디가 흘러나왔다.

'······?'

의외였다.

지금껏 수많은 귀족들과 기사들을 만나보았다.

시골 남작가의 기사들도 용병 알기를 사냥개와 별반 다르게 여기지 않았기에 상당한 무시를 당하였다.

영지를 지나갈 때마다 상단과 함께하지 않으면 불신검문을 통하여 이것저것 귀찮게 하며 자신들의 권위를 내세우던 귀족과 기사들.

"그 정령 제어 마법 금속함을 한번 봐도 되겠는가?"

내가 꺼낸 금속함을 보며 호기심을 보이는 카르드네스.

"여기 있습니다."

호의를 보였기에 조용히 건네주었다.

"소신이 받겠습니다."

혹시 모를 암습에 대비하려는 듯 기사가 나섰다.

"레안트 경, 내가 받겠소."

"명!"

로드의 말에 힘차게 명을 외치며 물러나는 기사.

'군율이 대단하군.'

신속하게 주군의 명을 이행하는 기사의 행동.

범상치 않는 가문의 규율을 엿볼 수 있었다.

스윽.

검을 든 기사가 아닌 여인의 손처럼 기다란 건틀렛의 손가락 부근.

맞춤형이었기에 완벽하게 신체가 표현되었다.

"대단해!"

받아 든 황금 금속함을 바라보면서 대단하다 감탄성을 터뜨리는 카르드네스.

'로드가 놀랄 정도로 엄청난 물건인가?'

보물급은 알겠지만 어지간한 보석에 눈 하나 깜짝하지 않을 대귀족가의 다음 대주인의 표정에 나도 궁금했다.

금속함을 열었을 때 거울에 보였던 환상 속의 여인 말고는 아무것도 나오지 않았다.

"사용되는 마법진의 배열과 형태로 보아, 마도 시대 때 제작된 물건 같군. 우리 가문에 존재하는 정령 제어 마법 금속함보다 더 뛰어나다니……. 아쉽게도 마정석이 기능을 상실했지만 말이야."

'그래서 쉽게 열렸군.'

마법에 대하여 딱히 배운 바는 없었다.

하지만 마법에 대하여 이것저것 들은 바는 많았다.

귀족 간의 영지 분쟁에 참가할 때 마법사와 전투를 벌일 수도 있기에 기회만 되면 마법에 대해 주워들었다.

그러나 룬어나 마법진에 대해서는 아는 바가 없었다.

어릴 적 갑자기 사라진 마법사 할배 대신 가문에 존재했던 유네크는 나에게 그리 친절하지 않았다.

더욱이 우리 가문은 정령사의 가문.

정령을 소환하면 정령을 통하여 정령 마법을 펼칠 수 있기에 굳이 마법을 배울 필요가 없었던 것이다.

"이름이 뭔가?"

금속함을 보다가 나를 향해 이름이 뭐냐고 묻는 카르드네스.

그의 금빛 눈동자가 밝게 일렁이며 내 눈동자를 직시했다.

'성격이 강하고 곧은 자다.'

나쁜 인상은 아니었다.

불의 정령사 가문이라면 지금 저 나이에도 불의 정령족을 소환할 수 있는 중급 정령사일 수도 있다.

많은 인간을 접하지 못했지만 용병 일을 하다 보면 수많은 군상을 만나게 된다.

어린 나이지만 어설픈 어른보다 세상 경험이 많은 내 눈에 카르드네스라는 자가 그리 나쁜 자로 보이지 않았다.

"아르테온이라고 합니다."

"아르테온……. 좋은 이름이군."

"감사합니다."

"그런데 이 귀한 물건은 어디서 구했는가? 마정석이 기능을 상실되었지만 대단한 정령 제어 마법 금속함이네. 황실 보물 창고에나 존재해야 할 물건이라네."

어디서 얻었는지 궁금해하는 카르드네스.

"카르드네스님, 전 용병입니다."

"……?"

"용병 일을 하다 보면 가끔씩 신이 주신 행운을 얻기도 합니다. 그 금속함도 그중의 하나입니다. 서부 고원 대륙에 원정을 갔다가 우연찮게 획득한 물건입니다."

"나이가 어려 보이는데 그 험한 곳을 다녀왔단 말인가?"

"세상은 나이가 밥 먹여주는 곳이 아니라서 말입니다."

"그렇군."

내 말에 고개를 끄덕이는 카르드네스.

파아앗.

하지만 내가 하는 말투가 마음에 들지 않은 듯 기사들의 표정은 그리 좋지 않았다.

극존칭을 사용해도 모자랄 판에 자신의 로드에게 할 말 다 하는 내가 아니꼬운 것 같았다.

"보아하니 이 금속함을 마탑에 팔려고 한 것 같은데, 나에게 넘기면 안 되겠는가?"

'호오, 이걸 구입하시겠다 이건가.'

"저… 그것은 저희 마탑에서 구입하려는 중이었습니다만……."

지부장 파르티스가 급히 개입하였다.

마법사의 눈에도 범상치 않는 물건이 분명했다.

"아직 거래가 끝나지 않는 것으로 생각되네만."

조용하면서도 위엄에 찬 카르드네스의 음성.

"……."

지부장이 입을 다물었다.

과거와 같지 않는 마탑의 위상.

힘이 없는 자는 권력있는 자에게 아무 말도 할 수 없는 세상이었다.

"용병 아르테온, 얼마면 되겠는가?"

지부장 파르티스를 가볍게 눌러 버리고 얼마면 되냐고 묻는 카르드네스.

대귀족의 자제라면 여러 사람들 앞에서 강탈하지는 않겠지만 그렇다고 빼앗아 간다 해도 말릴 자가 없었다.

'후후후.'

갑작스러운 상황 전개에 마음속으로 웃음이 흘러나왔다.

자칫 대답을 잘못했다가는 귀족 능멸죄로 죽을 수도 있었다.

평민이란 귀족들에게 그런 존재.

"로드 카르드네스님……."

"말하라, 용병."

"로드님이 저라면 그 금속함을 로드님께 얼마나 주고 팔겠습니까?"

"이놈이!"

"하찮은 용병 놈이 감히 로드님과 비교하다니!"

"하하, 하하하하하하하!"

기사들이 발끈하는 사이 로드 카르드네스가 갑자기 마탑 지부가 떠나가라 웃었다.

파츗.

그리고 나를 다시 바라보는 카르드네스.

　가볍게 불꽃이 튀었다.

　내 가문의 선조는 바람의 정령 수호 기사를 배출했던 대정령사 가문.

　지금은 비록 멸문에 가까운 상황이지만 마지막 자존심까지는 버리고 싶지 않았다.

　불의 정령사 가문과 바람의 정령사 가문.

　나의 마지막 자존심이었다.

　'평범한 자가 아니다.'

　자신의 시선을 받고도 태연하게 응시하는 눈앞의 겁없는 3급 용병.

　포스를 다루는 자 특유의 기운이 감지되었다.

　그렇다고 해서 특별나게 강한 것도 아닌 용병의 기세.

　그러나 말하는 태도와 은연중에 몸에 배어 있는 자세에서 귀족가 예법이 보였다.

　'몰락한 귀족 가문의 자제인가?'

　용병치고는 흉터 하나 없는 매끈한 얼굴.

　자신과 비슷하게 185투랑은 넘을 늘씬한 키에 가죽으로 만든 망토로 전신을 가리고 있다.

　잘생긴 얼굴이다.

손질하지 않는 푸른 머리칼이 눈을 살짝 가리며 어깨까지 찰랑거리며 내려 앉아 있었지만 굵은 콧등과 살짝 뾰족한 턱 선에서 강한 자존심과 함께 긍지심이 감지되었다.

살짝 가리어진 머리칼 사이로 보이는 푸른 눈동자.

술과 계집에 취해 산다는 사냥개 용병이 아니었다.

이지적이고 맑았다.

정신 수양을 게을리하지 않는 기사와 마법사, 정령사에게 보이는 눈빛.

나이는 어려 보였지만 눈빛은 노련한 기사와 다름없었다.

'베르니아가 보면 좋아할 물건이다.'

평소 같았다면 이런 곳의 마탑 지부에 찾아오지 않았다.

황성에 존재하는 마탑들의 대형 지부에는 세상에 없는 물건이 없었다.

그러나 혹시 그녀를 기쁘게 해주기 위하여 찾았던 마탑 지부.

카르드네스는 한 소녀를 생각하며 마음에 미소를 지었다.

베르니아 알루 카로크안 황녀.

현 테슈바인 황제의 단 하나밖에 없는 딸.

황태자를 비롯하여 세 명의 황자 사이에서 가장 어여쁨을 받는 황녀는 황실의 보물이었다.

그리고 그런 황녀궁을 수호하는 제국 황실 근위기사인 카르드네스.

말이 제국 근위기사지, 카르드네스 정도 되면 직접 황성 경비를 서지 않았다.

대귀족의 자제들에게는 작위를 받기 전에 스치고 지나가는 명예직이 바로 제국 황실 근위기사라는 직책이었다.

지근거리에서 황실 가족들을 보필하며 정치적으로 자신들이 따르는 황태자와 황자를 비롯한 황실과 인연을 쌓았다.

카르드네스는 다른 귀족 자제들처럼 황실에서 인맥을 넓히며 황실 가족과 친분을 이뤘다.

그러나 타 귀족 자제들은 황태자를 비롯하여 황위 계승권자인 황자들을 모셨지만 카르드네스는 황녀를 섬겼다.

아버지인 후작의 조용한 명이기도 했지만 자신도 원하던 바.

황녀를 섬기는 고위급 자제들이 없었기에 카르드네스는 기사학교를 졸업함과 동시에 황녀궁을 수호하는 황실 제5근위기사단에 배속되었다.

'이 선물을 가져가면 깜짝 놀라워할 것이다.'

자세히는 알 수 없지만 범상치 않은 정령 제어 마법 금속함이다.

마탑의 탑주들이 8서클에 육박했다던 마도 부흥 시대 때 제작되었음 직한 마법 금속함.

작지만 저 안에 정령수를 비롯하여 어지간한 정령족도 구속할 수 있음을 카르드네스는 짐작할 수 있었다.

'족히 금화로 만 개 정도의 가치가 있다.'

금화 만 개로도 사실 부족한 감이 없지 않았다.

뛰어난 정령 제어 금속함은 정령사들과 마법사들에게는 무한한 가치가 있는 보물이었다.

적 정령사가 소환한 정령수나 정령족을 가둬 버릴 수 있으며, 연구를 위하여 정령을 보관할 수 있는 정령 제어 마법 금속함.

후작 가문에도 존재하지만 이 정도는 아니었다.

'놓칠 수 없다.'

후작가에서도 금화 만 개라면 무시할 수 없는 금액이다.

영지 일반 병사 병장기와 갑옷 일체를 수천 벌 구입할 수 있는 대단한 가치였다.

황녀에게 선물을 하는 것을 떠나 가문에 가져가 마법사

들을 통하여 연구해도 대단한 물건임이 확실했다.

"금화 만 개를 주겠다."

확정하고 금화 만 개를 말하는 카르드네스.

"헛!"

"으음……."

기사들과 마법사들이 놀라 신음을 터뜨렸다.

말이 좋아 금화 만 개지, 기사들이 평생 급료를 모아도 모을 수 없는 대단한 재화였다.

그렇기에 카르드네스는 자신의 말에 용병이 거부하지 않으리라 확신했다.

3급 용병에게는 꿈에서나 그릴 수 있는 금화 만 개.

그 돈만 가지고도 몇 대가 떵떵거리며 황성에서 살 수 있었다.

"흐음, 좀 적군요."

"……!"

하지만 자신의 예상과 달리 만족하지 않는 용병.

카르드네스의 눈썹이 살짝 치솟아올랐다.

여타 귀족들과 달리 귀족의 권위를 드러내 놓고 사용하지는 않았지만 카르드네스는 어릴 적부터 엄격한 가풍을 이어받은 후작가의 로드.

대책없이 욕심 부리는 용병을 향해 슬슬 짜증이 일었다.

'용병들의 욕심이 배고픈 오르크보다 더 심하다더니 정말 그렇군.'

귀족들에게 용병들은 사냥개라는 인식밖에 없었다.

떼로 뭉쳐 다니며 튼튼한 이빨과 목숨을 담보로 하여 하루하루 살아가는 개와 같은 종자들.

귀찮고 피곤한 몬스터 토벌이나 서부 고원 대륙 원정 같은 험한 일이 아니었다면 용병들을 귀족들은 용납지 않았을 것이다.

"그럼 얼마를 원하는가?"

아르테온이라는 용병에 대한 호의가 식으며 목소리를 차갑게 뱉어내는 카르드네스.

"금화는 그 정도면 충분히 되었습니다."

"뭐라고?"

"이놈이 지금 로드님을 놀리는 것이더냐!"

얼마를 원하느냐는 카르드네스의 말에 빙긋이 웃으며 금화는 되었다 말하는 아르테온이라는 용병.

"언제 다시 뵐지 모르지만 만약 로드님을 다시 뵙게 된다면… 저의 소원 하나를 들어주십시오."

"소원을?"

"안 됩니다! 저런 용병 놈의 소원은 가당치 않습니다."

"로드님, 지금 놈은 로드님과 가문을 능멸하고 있습니다!

귀족 능멸죄로 처단하셔야 하옵니다!"

용병의 무례한 언사에 화가 난 가문의 기사들이 귀족 능멸죄를 적용하자고 주장하였다.

'무언가 있는 자다.'

귀족 능멸죄를 물어 참수당할 수도 있건만 미소를 머금고 여유로운 자세를 취하는 용병 아르테온.

분명 별 볼일 없는 3급 용병이지만 카르드네스는 묵직한 느낌이 가슴에 와 닿음을 알 수 있었다.

"무리한 부탁은 하지 않겠습니다. 비록 보잘것없는 용병이지만 신의는 잊지 않고 살아가는 자입니다."

신의를 말하는 용병.

'인연이 된다면 다시 보아도 되겠어.'

정령사였기에 용병의 몸에서 미약한 정령의 기운이 감지됨을 느끼는 카르드네스.

뭔가 비밀이 있는 용병의 모습에 한 번쯤 인연을 맺어도 괜찮을 것이라는 생각이 들었다.

어차피 용병이 요구할 최상의 것이라야 돈이나 가문의 기사 자리 정도일 것.

"알겠다. 너의 조건을 수용하겠다."

"로드님의 넓은 아량에 고개 숙여 감사드리는 바입니다."

"레안트 경, 금화 만 개를 증명하는 가문의 마법 증명패를 건네라."

"명!"

거래가 끝나자 바로 대가를 지불하는 카르드네스의 행동.

제국 백작가 이상의 가문이나 마탑, 대형 상단에서만 발행할 수 있는 마법 증명패.

처렁.

품속에서 주먹만 한 황금색 마법 증명패를 꺼내는 레안트라는 기사.

그것과 함께 한 자루 은빛 펜을 꺼내어 로드에게 조심스럽게 건네었다.

그그그극.

금화 일만을 마법 증명패에 기록하는 카르드네스.

치익.

마지막에 자신의 엄지손가락에 붉은 포스를 담아 증명패에 가볍게 찍었다.

파아앗.

그러자 파란 빛이 마법 증명패에서 흘러나왔다.

대규모 돈 거래에 사용되는 마법 증명패.

후작가의 로드가 자신의 지문을 찍었기에 금화 일만 개

의 가치가 부여되었다.

"오늘 거래 재미있었네."

"황송할 따름입니다."

마법 증명패를 건네자 받아 들며 황송하다 말하는 용병.

"그럼 다음에 보도록 하지."

정령 제어 마법 금속함을 받아 들고 등을 돌려 사라지는 카르드네스.

"휴우……."

떠나가는 근위기사의 모습에 한숨을 내쉬는 마법사들.

덜컹.

문을 열고 바람같이 나타난 이들이 사라졌다.

"……."

그러나 그들이 떠나가도 움직임이 없었다.

엄청난 물건을 놓친 마법사들의 뒤늦은 후회와 생각지도 못한 인연에 의미 모를 미소를 짓고 있는 용병 하나.

우연하고 작은 만남이었지만 사람들은 알지 못했다.

그 작은 파장 하나가 언젠가 세상을 뒤바꿀 거대한 폭풍이 될 수도 있다는 사실을.

Chapter 08
불기 시작하는 바람

"아르테온!!"

"네 이노오오옴!"

'헉! 이, 이건 또 뭐야!'

특이한 만남과 화끈한 보상을 받으며 도로크 마탑을 나
서는 순간,

갑자기 들려오는 내 이름 부르는 소리와 함께 분노에 찬
일갈대성이 천둥처럼 들려왔다.

"가, 감히 일개 3급 용병 주제에 우리를 농락해!"

"몇 푼 되지도 않는 발광마정석 따위로 우리의 자존심을

건들다니! 네놈을 오늘 진정 용서치 않으리라!"

'환장하겠네.'

세상에서 가장 두려워야 할 대상 중의 하나인 마법사들의 뒤끝 작렬.

데론 성을 떠날 참이었기에 이것저것 가리지 않고 내 이득을 취했다.

그러나 문제가 발생했다.

도로크 마탑에 들어오기 전 흥정했던 발류샤와 델코르 마탑 지부 마법사들이 뛰쳐나와 나를 노려보고 있었다.

"하하, 하하하! 다들 왜 그러십니까? 흥분들 하지 마시고, 마나 스태프를 내려놓으시고 대화로 하십시오."

어색한 웃음을 지으며 손을 들어 흥분한 마법사들을 달래었다.

무슨 원수라도 만난 듯 나를 죽일 듯 노려보는 마법사들.

마나 스태프를 치켜들고 마법이라도 펼칠 기세였다.

'썩을, 물건 다 팔아먹었다 이건가?'

이 정도라면 도로크 마탑에서 나올 만하건만 방금 문을 열고 나온 도로코 마탑 지부에서는 누구 하나 나와 보지 않았다.

어디선가 비밀 창문으로 엿보고 있을 마법사 놈들.

"흥! 비천한 용병 놈 주제에 감히 마탑과 흥정을 하려고

해? 네놈의 못된 버릇을 단단히 고쳐주어 다른 용병 놈들에게 본보기로 삼을 것이리라!"

발류샤 마탑의 지부장 멜페르가 눈에 쌍심지를 켜고 분노를 표출했다.

도로크 마탑에서 발광마정석을 팔고 나온 것을 알고 있는 모습.

'그깟 황금 몇 푼에 쪼잔한 본색을 드러내다니……. 그런데 이걸 어쩐다.'

대놓고 이렇게까지 마법사들이 화를 낸 적이 거의 없다.

다른 용병들과 과거의 나였다면 적당히 타협을 봐서 한 곳의 마탑에서 해결을 보았겠지만 이번에는 액수 단위가 달랐다.

"이놈, 아직도 네놈이 저지른 죄를 모르겠더냐!"

멜페르의 뒤를 이어 델코르 마탑의 지부장 이드로도 입에 침을 튀기며 내 죄를 논하였다.

'내 물건도 마음대로 팔지 못하는 더러운 세상. 확 죽기 전에 들이받아 버려?'

마법사들의 심사 틀린 꼬장에 약이 올랐다.

죽을 고비를 넘기고 겨우 얻은 발광마정석.

가격이 맞지 않으면 다른 곳에 팔 수 있건만 마법사들은 아닌 것 같았다.

강한 놈 주먹이 법이라고, 3급 용병인 나를 향해 그동안 쌓인 불만을 풀어내려는 짓거리.

활활 열이 받았지만 숨을 한 번 더 쉬며 참았다.

괜히 개개봐야 마법사들의 화염구에 통구이가 되어 한 많은 세상 빠이빠이라는 사실을 너무나 잘 알고 있었다.

"다들 흥분을 가라앉히시고 제 말 좀 들어주십시오."

"말해봐라! 이 상인보다 더 악독한 사기꾼 놈아!"

"마탑에게 흥정을 붙여 장사를 하다니! 간이 배 밖으로 나온 애송이 용병 놈! 마지막으로 할 말을 남겨라!"

유언을 남기라는 친절한(?) 마법사들.

"휴우……."

그들의 말에 깊숙이 한숨을 내쉬었다.

"열세 살 어린 나이에 가문에서 쫓겨나… 돌고 돌아 이곳까지 기어 들어왔습니다. 병들어 돌아가시기 직전 제 손을 꼭 잡으시며 부디 가문의 이름을 보전하라는 아버지의 마지막 모습이 눈앞에 선하게 그려집니다."

"……?"

갑작스러운 나의 한탄에 마법사들이 눈을 껌벅였다.

과거의 진실이었기에 더할 것도 없는 표정 연기.

"어머니는 절 낳으신 후유증으로 시름시름 앓다 돌아가시고, 아버지마저 병고로 신의 품으로 가버리자… 가신들인 기사들이 등을 돌렸고, 먼 친척이었던 이웃한 영주가⋯ 가문의 주인이 되어 어린 저를 버렸습니다. 죽이지만 않으면 감사하라는 그 말, 이제 마법사님들의 분노로 죽어갈 이 순간에 선하게 그려집니다."

휘잉, 휘이잉.

파락파락.

착잡한 내 목소리에 효과를 더하여 스산하고 애잔한 바람이 옷자락과 머리칼을 날렸다.

"힘없고 어린 제가 먹고살기 위하여 용병질을 택했습니다. 가문에서 배운 거라고는 어설픈 칼질과 평범한 호흡법 하나⋯⋯. 살기 위하여 검을 들었고 가문을 되찾기 위하여 불철주야 노력하였습니다. 안 먹고, 안 입고, 안 처마시고, 오직 가문을 되찾기 위하여 돈을 모았습니다. 가진 바라고는 이 몸뚱이밖에 없는 가련한 용병을 누가 도와주겠습니까?"

눈물까지 살짝 보이며 마법사들을 살포시 보았다.

각자의 마탑에서 튀어나와 사거리 중앙에 나를 포위하고 서 있는 마법사들.

이야기가 이어질수록 인상을 미미하게 찌푸렸다.

"사실⋯ 이번에 생각지도 못한 큰 보물을 얻었습니다. 돈 몇 푼 더 벌겠다고 목숨을 담보로 떠났던 서부 고원 대륙의 원정은 여기 계시는 여러분이 더 잘고 계실 것입니다. 무식한 부족 전사들의 활과 창에 동료 용병들과 제국 병사들이 피를 흘리며 쓰러져 갔습니다. 저 또한 죽을 고비를 수없이 넘기며 오직 가문 부흥을 위하여 살아남았습니다. 열세 살 이후로 언제나 함께했던 죽음의 공포를 이겨가며… 가문을 되찾는 그날만을 위해 살았습니다.”

열세 살을 힘주어 강조했다.

“크음…….”

“큼큼.”

헛기침을 뱉어내는 마법사들.

자신들도 내가 아직 어리다는 사실을 잘 알고 있었다.

“그렇게 목숨 바쳐 벌었건만 제국 기사학교에 들어갈 돈을 모으지 못했습니다. 갈수록 높아지는 기사학교 입학금은 멸망한 가문의 자손인 저에게는 터무니없는 금액이었습니다. 그러나… 행운의 여신 엘토아르님과 모든 것들의 은혜자이신 마나의 도움으로 뜻하지 않는 보물을 얻었습니다. 여러 고귀하신 마법사님들 눈에는 몇 푼 안 되는 물건이지만 지금껏 제가 벌었던 돈보다 더 많은 기회를 줄 수 있는 보물이 제 손에 주어진 것입니다!”

나에게 몇 푼 안 되는 물건이라 말했던 멜페르 지부장의 얼굴이 딱딱하게 굳었다.

어느새 하나둘씩 몰려드는 구경꾼.

용병들과 상인 그리고 데론 성에 사는 일반 백성들도 구경거리를 놓치지 않고 나타났다.

'흐흐, 더 나를 핍박해 보시지!'

과거를 팔아 목숨을 보전하는 방법이 마음에 걸렸지만 그런들 어떠하랴.

지금이 없다면 미래도 없는 법.

생존을 위해서는 못할 짓이 없었다.

"여러 마탑을 돌며 가격 흥정한 것 인정하겠습니다. 태어나 난생처음 얻은 발광마정석의 가격이 얼마인지 몰랐기에 적정한 가치를 판단받고 싶었습니다."

나를 핍박하던 가격 흥정을 인정하였다.

굳이 거짓말할 필요가 없었다.

아무리 마탑이라도 수많은 이들 앞에서 적당한 이유 없이 용병을 죽일 수는 없었다.

나 하나 죽이는 건 쉬웠지만 마탑의 악행이 알려지면 감정적 삶을 살아가는 용병들이 마탑을 애용하지 않을 것.

"죄송합니다. 그깟 금화 몇 푼 더 받겠다고 마탑을 돌며 고귀하시고 고매하신 영혼을 소유하신 마법사님들의 정신을 어지럽히고 분노에 휩싸이게 한 점 죽어 백번 마땅하기에 고개 숙여 진심으로 참회하는 바입니다."

꾸우우벅.

길게 허리를 숙여 마법사들에게 고개를 떨구었다.

"더 이상 할 말이 없습니다. 그저 죽을 때 손 잡으셨던 아버지의 마지막 유언을 지키지 못한 불효자식이 됨이 억울할 뿐입니다. 돈 몇 푼에… 인생 쉽게 살고자 하지 않았건만……. 크으으."

눈을 감고 눈물방울을 억지로 생성해 내었다.

용병이 된 자들 중에 몰락한 가문의 자제들이나 기사 자식들도 제법 되었다.

그렇기에 내 과거는 충분히 이해 가능한 것들.

눈을 감은 척하며 의연하게 굽혔던 허리를 펴고 섰다.

가문의 부흥을 위하여 처절하게 살아온 나를 죽일 수 있으면 죽여보라는 자세.

자신들 입으로 돈 몇 푼이라고 말했기에 더 이상 추궁할 명분도 없는 순간.

"……."

마탑 지부에서 뛰쳐나온 마법사들이 서로의 눈치를 보았다.

아무리 머리가 뛰어난 마법사들이라 해도 용병계에서 무려 6년이나 굴러먹은 내 말상대가 될 수는 없었다.

'쪼잔한 마법사들 같으니라고! 평생 마나나 빨다 뒈져라!

쯧쯧.'

마탑 기준으로 보면 그리 큰 재화도 아니건만 내 목숨까지 핍박하는 악독 수전노 같은 마법사 놈들.

"그, 그런 과거가 있었군."

"지, 진작 말을 하지 그랬나, 아르테온. 우리가 알고 지낸 지 한두 해도 아니고……."

용병과 평민들에 이어 구경 나온 모든 이들이 마법사들을 향해 무언의 분노를 보내자 마법사들이 당황하며 입을 열었다.

자신들이 보기에도 너무나 미약한 명분.

화해의 손길을 내밀어왔다.

"아닙니다. 제 하찮은 과거를 가지고 어찌 마법사님들을 귀찮게 하거나 방해할 수 있겠습니까. 그저 바라는 바라면… 지금처럼 열심히 피땀 흘려 벌어서 가문을 부흥하고 싶은 소박한 욕심밖에 없습니다."

마법사에게 평민은 별로 중요치 않는 존재였지만 이런 식의 핍박은 좋지 않다는 것을 모를 리가 없을 터.

"오해를 푼 것 같네. 부디, 자네 뜻대로 열심히 살아 가문을 부흥토록 하게."

"다음에는 좋은 가격에 구입해 줄 터이니 우리 델코르 마탑을 잊지 말아주게."

멜페르와 이드로 지부장이 내가 던져준 명분을 잡고 빠져나왔다.

'아저씨들~ 다음에는 진짜 안 봐준다!'

내가 조금만 더 힘이 있었다면 이런 구박과 멸시를 받지 않았을 것.

힘없는 나를 탓하며 마법사들에게 다시 고개를 숙였다.

"넓은 아량으로 부족한 저를 이해해 주시는 미래의 대마법사님들께 경외의 인사를 올리는 바입니다."

어서 인사 받고 꺼지라는 친절한 내 행동.

"그, 그럼 다음에 보세나."

"들어가자!"

"명!"

인사가 끝나자마자 부리나케 지부 마법사들을 대동하고 각자의 지부로 향하는 마탑 지부장들.

파르르르.

착한 말과 달리 그들의 떨리는 몸뚱이를 보며 뒤끝이 아직 남았다는 사실을 알 수 있었다.

'앞으로 몇 년 동안은 데론 성을 향해 오줌도 싸지 말아야지. 휴우.'

욕심이 돼지보다 더 많은 마법사들을 돌려보내고 나니 긴장이 풀렸다.

'아르코안 상단에 들렀다 바로 유리크의 별장으로 가야 겠다.'

내일 아침 떠나는 상단이 있다기에 용병 길드에서 계약을 맺었다.

3년 동안 정들었지만 더 빨아먹을 것 없는 데론 성.

이제는 안녕이었다.

"풋!"

'엥?'

구경거리가 끝나자 하나둘씩 사람들이 사라지는 순간 갑자기 등 뒤에서 들려오는 웃음을 억지로 참는 듯한 웃음 하나.

고개를 돌렸다.

'허억……'

그리고 깜짝 놀랐다.

'여, 여자 마법사!'

언제 내 등 뒤쪽에 있었는지 알 수 없지만 보기 드물다는 여자 마법사를 만났다.

나름 고지식하고 남자만의 세계라 생각하는 마법사들.

어지간한 재능 없이는 여자 마법사를 들이지 않았다.

외로이 마나와 마법과 더불어 평생 살아가야 하는 남자 마법사들의 마음을 심란케 할 수 있기에 여인을 마탑에 받아들이지 않는다고 했다.

그렇기에 여자 마법사들은 특출 난 재능이 없다면 마탑 출신이 될 수 없었고, 활동하는 대부분의 여자 마법사들은 개인 스승에게 사사한 이들이었다.

그러나 지금 내 등 뒤에서 웃음을 터뜨린 이는 여자 마법사.

그것도 요즘 대륙에서 잘나가는 엘크리안 마탑을 상징하는 사대룬어가 심장 부근에 새겨져 있는 새하얀 마법사 로브를 입고 있었다.

"참 재미있는 용병이군요. 말 몇 마디로 마법사들을 희롱하다니……."

'아, 아름답다!'

하르케니스가 말했다.

세상에는 단 둘의 여자가 존재한다고.

언제나 자신의 사랑을 받기에 합당한 여자 그리고 절대 건드리지 말아야 할 여자 마법사가 있다고 말이다.

하르케니스가 그렇게 말할 정도로 아픈 과거를 변태 엘프에게 선사했음이 분명한 여자 마법사라는 존재.

이제 나이는 스물을 갓 넘어 보였다.

눈보다 더 하얀 순백의 로브 위로 로브보다 더 맑고 깨끗한 새하얀 피부가 보였다.

태어나 단 한 번도 세상 빛을 쬐지 않은 듯 맑고 투명하여 만지면 하얀 눈가루가 묻어날 것 같은 여인 마법사.

동그랗고 쌍꺼풀 진 커다란 검은 눈동자에는 호기심과 장난기가 호수의 물결처럼 일렁였고, 오뚝한 콧날에는 마법사의 자존심이 드러나 있었고, 아직 젖살이 빠지지 않은 볼은 손으로 만져 보고 싶을 정도로 매력적이었다.

거기에 단아한 향기가 공기를 타고 전해져 오는 작고 붉은 입술.

살짝 드러난 가지런한 치아는 태어나 처음 보는 아름다움을 선사해 주고 있었다.

'3, 3서클 정식 마법사다!'

왼손에 든 붉은 마정석이 작고 귀여운 마나 스태프와 소맷자락에 보이는 세 줄기 금테두리와 함께 여자 마법사가 수습도 아닌 정식 마법사임을 확인시켜 주었다.

어려운 학문이자 깨달음을 추구하는 마법.

어린 여자가 3서클에 올랐음은 대단하다고밖에 말할 수 없었다.

"듣고 있자니 가슴이 애절한 한 편의 음유시인의 연극 같았어요. 자, 여기 관람료예요. 부디 가문의 부흥에 보태 쓰세요."

빙긋 붉고 투명한 웃음을 날리며 가느다랗고 새하얀 손

을 내미는 여인.

스윽.

반짝이는 금화 하나를 나도 모르게 받았다.

사박사박.

금화 하나를 건네고 아무 일도 없는 듯 걸음을 옮겨 엘크리안 마탑 지부로 걸어 들어가는 순백의 여신.

쿵, 쿵.

느리게 여자 마법사의 발걸음을 따라 심장이 움직였다.

손에 들려진 금화 하나를 소리 없이 움켜쥐면서……

"이건 또 뭔가?"

"보시면 모르겠습니까? 안테르님이 좋아하시는 금화잖습니까."

"누가 몰라서 물어! 너무 많아서 그런 거지!"

"그런가요? 피도 눈물도 없는 안테르님은 그 정도로는 눈 하나 깜짝하시지 않는 대범한 분인 줄 알았건만……."

"아이구! 내가 말을 말아야지."

데론 성에서도 뒷골목이라 불리는 테하르 거리에 위치한 작고 허름한 일층 석조 건물.

대륙에서 가장 신용이 확실한 아르코안 상단의 데론 성 지부를 찾았다.

아르코안 상단.

대륙에 존재하는 5대 상단에 포함되어 있지 않지만 그 신용과 돈 버는 수단은 5대 상단을 뛰어넘는다는 비밀 아닌 비밀 상단.

어떤 권력과 연결되어 있는지 알 수 없지만 거의 천년이 넘는 세월 동안 존재하는 상단의 역사를 가지고 있었다.

취급 품목은 제국법에 금지된 전쟁 물품, 노예, 마약 등등.

대상단들이 대놓고 하지 못하는 어둠의 물품을 주로 거래하였다.

그렇기에 일반 장사보다 용병들과 각종 도둑이나 암살, 거지, 정보 길드 등등 어둠 계열의 길드들과 주로 거래하였다.

신용은 확실하였다.

지금껏 아르코안 상단에 맡겨 놓은 돈을 떼어 먹혔다는 소리를 듣지 못했다.

비록 돈을 맡겨도 이자를 얻을 수는 없지만 확실하게 맡아주었기에 어둠의 경로로 얻게 된 엄청난 돈과 물건들이 아르코안 상단을 통해 유통되었다.

귀족들도 알면서 통제하지 못했다.

아르코안 상단을 압박하는 존재는 대귀족이라 하더라도

소리 소문도 없이 멸문한다는 과거의 소문과 증거들이 있었기에 경거망동하지 않았다.

"오늘 날짜로 지금까지 제가 모은 금화가 얼마 정도인가요?"

허름해 보여도 이 건물 안에 상당한 실력자들이 존재함이 느껴졌다.

들어서는 평범한 문도 보호 마법이 걸려 있는 요새 같은 아르코안 상단 데론 성 지부.

지난 서부 고원 대륙 원정에 따라와 용병들이 급료 외에 거둔 부수입을 싹쓸이해 갔다.

수수료를 무려 20파르나 떼어갔지만 누구 하나 따지는 자가 없었다.

아무리 좋은 전리품이라 해도 금액으로 환산해야 의미가 있으며, 안전하게 보관해야 자신의 것이 되는 법,

군단을 따라와 20파르의 수수료를 받지만 전리품을 정확히 계산해 가는 아르코안 상단에 고마워하지 않는 용병은 없었다.

물론 그 용병 중 한 명에 나도 포함되어 있었다.

"자네가 이번 원정 용병 중에서 가장 수입이 좋았어. 그 노예로도 쓸 수 없는 꼴통 놈들에게서 빼앗은 각종 금붙이가… 무려 1,135개 가치나 되는군."

장부를 뒤적이며 내 전리품 수확을 계산해 주는 지부장 안테르.

"은화는 계산도 안 합니까?"

"그 험한 곳에 따라가 물건 받아준 것만도 감사해야지 어디서 은화까지 따져! 넌 양심도 없냐!"

'컥, 양심이라니.'

대륙 어둠의 돈을 먹고사는 아르코안 상단의 지부장에게 양심 없다는 소리를 들었다.

'저렇게 돈 벌어서 뭐 할까?'

정확하게 알 수 없지만 올해 나이 60은 훌쩍 넘은 안테르 지부장.

드워프가 형님 할 정도로 작은 키에 뱃살은 축 처진 비만에, 오른쪽 눈동자가 없는 애꾸였으며 머리는 대머리.

인상이 더럽다 못해 보기만 해도 한 대 패주고 싶은 안타깝고 재수 없는 낯짝을 소유하고 있었다.

하는 짓도 생김새와 별반 다르지 않았지만 돈 계산은 확실하였다.

휘하에 얼마나 많은 능력자들이 있는지 알 수 없지만 아르코안 상단 밑에서 밥 빌어먹고 사는 실력자들이 상당하다 들었다.

어둡고 험한 일을 하기에 피 보기는 다반사.

어지간한 용병들도 그들이 돈을 받을 때 행하는 잔혹한 손속에 구토를 할 정도라는 아르코안 상단.

자신들을 건들지 않고 빌린 돈 제때 갚으면 아무 탈 없이 금화만 먹고사는 순수한 상인들이라고 주장하였다.

철컹.

손에 들고 있던 금화가 가득 들어 있는 주머니를 탁자 위에 올렸다.

"냄새와 소리로 들어보니, 용병 길드에서 받아온 300골드가 살짝 넘는 금화야."

'대, 대단하다!'

가죽 냄새와 탁자 위에 올려 있는 주머니만 보고도 출처와 액수를 정확하게 맞혀내는 안테르 지부장.

"이것도 넣어주십시오."

스윽.

금속함과 발광마정석이 사라지고 난 뒤에 가죽 갑옷 안쪽을 차지하고 있던 두 개의 마법 증명패.

"뭐 좀 건졌어? 이건 도로크 마탑의 쪼잔한 마법사들의 마법 증명패가 아니야?"

금화로 1,000개 이상의 대형 거래에서만 사용되는 마법 증명패.

먼저 내민 마법 증명패를 받아 들고 눈동자를 사악하게

반짝이는 안테르.

돈 냄새를 확실하게 맡았다.

"한 건 했습니다."

"오호~ 그래? 그 물건이 뭐였는데?"

"비밀입니다."

"쳇, 좋은 물건이라면 우리 상단에서 충분히 구입할 수도 있는데."

'내가 미쳤어? 당신 상단에 공짜로 털어 줄 일 있냐?'

돈을 맡기기에는 더할 나위 없이 완벽했지만 물건을 사고 팔 때는 절대 피해야 할 아르코안 상단.

음지에서 활동하는 이들답게 제 가격에 물건을 구입하지 않았다.

깎고, 후려치고, 협박까지 곁들여 강탈해 가는 아르코안 상단.

덜떨어진 용병들이나 팔 곳 없을 때, 불법 물건일 때 이곳과 상거래를 할 뿐이었다.

"허억! 이, 이게 뭐야! 마, 만 개??"

마탑의 마법 증명패에서 눈을 돌려 엘드얀 후작가 발행 마법 증명패를 손에 들고 깜짝 놀라는 안테르 지부장.

아무리 잘나가는 아르코안 상단의 지부장이라 할지라도 금화 만 개는 함부로 어찌할 수 있는 액수가 아니었다.

"도대체 뭘 팔았기에 이 마법 증명패를 받은 거야!"

스슷.

마법 증명패의 진위를 확인하고자 급히 마법 증명패에 포스를 불어넣는 안테르의 손이 떨고 있었다.

파아앗.

포스가 들어가자 마법 증명패에서 빛이 흘러나와 공간을 밝혔다.

엘드얀 후작가를 상징하는 거대한 빨간 불꽃 검 한 자루.

"확실해! 엘드얀 후작가에서 발행한 마법 증명패야!"

"거참, 거래 한두 번 합니까?"

"오오! 자네 정말 엄청난 보물을 발견했나 보군!"

놀라면서도 회색빛 눈동자를 사악하게 밝히는 지부장의 음험한 눈길.

"다 정리했습니다. 그러니 더 이상 묻지 마십시오."

"크음……."

아쉬움의 신음이 귓가에 선명하게 들렸다.

'금화라면 뼈와 피까지 팔 인간이라니까.'

거래는 하지만 별로 상종하고 싶지 않은 종자들이 바로 아르코안 상단에 소속된 이들이었다.

세상의 빛에 가려진 어둠 속에서 살아가는 음지의 존재.

언젠가는 없어져야 할 이들이었지만 세상 끝나는 날까지

존재할 것 같았다.

인간들의 욕망이 타오르지 않는 순간까지 말이다.

"지금까지 제가 아르코안 상단에 맡긴 금화가 오늘 것까지 해서 금화로 16,675개입니다. 장부를 확인해 보십시오."

"맞네. 오늘 거래까지 제국 금화로 16,675개네."

"확인하겠습니다."

"여기에 엄지손가락을 누르게."

일정 이상의 거래를 하는 이들에게만 발급되는 아르코안 상단의 마법 장부장.

그그극.

황금색 마법판에 숫자를 기록하는 안테르.

어느새 차분하게 변해 있었다.

쭈욱.

빽빽하게 기록된 마법 거래판 한쪽에 나만이 사용할 수 있는 지문창이 있었다.

수천 년 전 발견된 지문 인식 마법.

사람 모두 다 다른 지문을 소유하고 있다는 사실을 발견한 마법사가 거래의 확인이나 서약 따위를 증명하기 위하여 만들어낸 마법이었다.

상단의 대규모 거래나 중요한 회의에 참석한 이들이 자신들의 의사를 확실하게 밝힐 때 사용하였다.

"어디 영지라도 구입할 생각인가? 용병 중에서 용병단 말고 혼자서 이리 단시간에 엄청난 금화를 모은 자는 데론성에서 자네가 처음이야."

"여행 자금입니다."

"여행 자금? 용병이 무슨 여행 자금이 필요하단 말인가?"

귀족도 아니고 바람 따라 구름 따라 흘러 사는 용병들이었기에 내 말에 의문을 표하는 지부장.

'구두쇠 할배는 백날 말해도 몰라요~'

저런 신체였기에 살아남기 위해서 타인들보다 더 노력하고 지독하게 살 수밖에 없었을 안테르 지부장의 인생.

"인생 여행에 필요한 자금입니다."

"흐음, 인생 여행이라……. 그래, 그렇다면 저 정도 돈도 부족하다 할 수 있지."

'어라?'

인생 여행 자금이라는 말에 부족하다 말하는 안테르.

"혹시 후에 자금이 필요하면 말해. 자네라면 내 한번 투자해 보지."

"네?"

"뭘 그리 놀라. 내 눈에는 네놈이 다른 썩어 냄새밖에 안 나는 알 두 쪽의 용병들과 달리 보인다. 그래서 그러니 후에 돈이 필요하면 말해. 이 안테르님의 이름으로 투자할 테니까."

"가, 감사합니다."

미래는 혹시 모를 일.

몸뚱이 하나밖에 없는 용병에게 자금을 투자해 주겠다는 이에게 감사의 인사를 할 정도의 머리는 존재했다.

"모양을 보아하니 데론 성을 떠날 것 같은데, 몸조심해. 영 시국이 불안해."

용병 길드장에 이어 상단 지부장도 시국이 불안하다 한다.

'그 정도로 심각한가?'

나도 느껴지는 바는 있었지만 그렇게 피부에 와 닿지는 않았다.

황실이 방탕하고 무능함은 하루 이틀 일이 아니었고, 지난해 제국 곳곳에 풍년이 들어 민심은 안정되어 있었다.

거기에 서부 고원 대륙 부족들을 막아낼 장성도 완성되어 제국에 위협이 될 만한 이는 없었다.

'시간이 지나가면 알겠지.'

나보다 더 고급 정보를 접할 이들의 경고.

내가 안다고 해서 달라질 바가 없었다.

지금 나는 그저 3급 용병의 신분.

세상이 흘러가는 대로 따라갈 수밖에 없는 존재였다.

"그자에 대해서 알아보라."

"명!"

작은 금빛 정령 마법 금속함을 들고 데론 성의 내성에 자리 잡은 고위급 귀족들이 머무는 공관에 자리 잡은 카르드네스.

기사에게 방금 전 만난 아르테온이라는 용병의 정보를 알아내라 명을 내렸다.

'평범한 자가 아니다.'

귀족 중의 어지간한 자라도 제국 황실 근위기사와 자신의 가문의 이름만 들어도 주눅이 드는 것이 정상이다.

그러나 놈은 아니었다.

당당하게 자신의 금화 만 개를 놀라지 않으며 받아들였고, 거기에 더하여 조건까지 내걸었다.

"로드님, 그런데 궁금한 점이 있습니다."

"말하라."

"서부대군단의 대군단장님이신 알베로한 후작 각하를 지금 왜 황실에서 부르는 건지요? 그것도 황실 근위기사들을 파견해서 말입니다."

황성에서부터 제국 황실 근위기사인 자신의 로드를 따라나섰던 가문의 기사 레안트가 궁금함을 참지 못하고 물었다.

단 20여 명이지만 황실에서 파견한 제국 황실 근위기사의 파견은 파격적이었다.

보통 임무를 마친 대귀족은 알아서 소속 가문 기사들의 호위를 받아 황실에 돌아와 황제에게 보고함이 기본이었다.

그러나 이번에는 아니었다.

20여 명의 제국 황실 근위기사를 파견하여 직접 황실까지 호위토록 하였다.

그리고 그런 황실 근위기사들을 호위하여 각 가문에서 파견한 호위기사 수십 명이 뒤를 따랐다.

누가 있어 제국 황실 근위기사들을 어찌할 수 있겠는가.

그러나 각 가문의 로드급 위치에 있는 이들이 황성을 벗어나면 황성에 저택이 있는 가문 기사들이 호위를 나섰다.

시종 노릇과 함께 호위가 주목적.

백여 년 전부터 일상화된 일이다.

"그건 나도 모르네. 그러나… 무언가 사연이 있음이 분명해. 마스터 중 한 명인 벨피스 백작도 나섰으니 말이야."

황명을 받잡고 20여 명의 황실 근위기사가 황도를 떠났다.

제국 대로를 따라 형성된 연락용 마법 통신구를 사용하면 쉽게 전달될 일이건만 황명이 내려졌다.

서부대군단을 책임지고 있는 총사령관 알베로한 후작을 직접 근위기사들이 호위하여 황실로 데려오라는 황명.

갑작스러운 명령이었기에 기사들 모두 놀라워했다.

그러나 의문을 표할 수 없었다.

제국의 주인인 황제의 황명에 의한 것.

이곳까지 오면서 근위기사들도 이 문제로 의문에 빠졌지만 서로 대화는 나누지 못했다.

황제의 황명에 의하여 불려오는 이유는 단 두 가지.

상을 받거나 그와 반대로 벌을 받는 이유뿐.

이번 일은 전자가 아니라 후자에 가까웠다.

황명을 직접 받은 포스 마스터 벨피스 백작은 냉혈한으로 소문난 제국 황실 근위기사단의 지옥 사신이었다.

그가 명받은 일 대부분이 숙청이나 피와 관련된 일.

그렇기에 이곳까지 오면서 근위기사들의 표정이 무거울 수밖에 없었다.

"알베로한 후작 각하는 정치적 인물이 아닙니다. 평생 이곳 서부를 호령하여 고원 대륙의 반역자 놈들을 상대하신 분인데……."

황성에 머물기에 가문의 기사인 레안트도 정치판을 잘 알고 있었다.

무언가 심상치 않는 분위기를 이곳까지 로드를 따라오면

서 느끼지 못하였다면 바보다.

"레안트 경."

"하명하십시오, 로드."

"입을 무겁게 하게. 경의 한마디로 가문에 위기가 올 수 있네."

"며, 명!"

조용한 카르드네스의 경고에 레안트가 깜짝 놀라며 명을 외쳤다.

오늘은 알베로한 후작이 제국 황실 근위기사들의 방문을 받았지만 자칫 엘드얀 가문에도 그럴 수 있는 법.

황성에서 이는 심상치 않는 바람은 모든 이의 입을 무겁게 만들었다.

'황성에 돌아가면 한바탕 피바람이 불지 모르겠군.'

데론 성을 출발하기 전에 아버지인 후작이 조용히 불러 명을 내렸다.

절대 실수하지 말고 조용히 황명을 따르라고.

동료 근위기사들에게도 아무 말도 하지 말라 하셨다.

요즘 들어 건강이 좋지 않다는 황제.

그리고 부산한 움직임을 보이는 황태자와 황자들.

제국의 주인이 바뀔 때마다 부는 일대 피바람이 황실과 귀족들을 덮칠 수 있었다.

"휘이~ ♪ 휘이 ♬"

절로 흘러나오는 휘파람을 부르며 유리크의 별장으로 돌아가는 길.

짧은 겨울 해는 저 멀리 히모르 산맥의 준봉을 향해 고개를 떨구어갔다.

바람도 잠시 쉬려는지 멈추어 있었고, 차가운 날씨에 녹지 않는 눈이 길가에 아무렇지 않게 쌓여 있었다.

'완전 대박이었어.'

생각지도 못한 오늘 총수입.

지난 몇 년간 죽어라 고생하여 모아둔 금액을 훨씬 넘어서 버렸다.

무려 제국 금화로 16,675개.

마음만 먹는다면 소유하지 못할 마법 무구가 없었으며 이곳 데론 성에서도 근사한 상점 하나 내고 평생 귀족처럼 호의호식하며 먹고살 수 있는 재화다.

'카르드네스 로드라고 했지……. 후후, 언제 한번 제대로 뜯어주마.'

금화 일만 개 말고도 소원 하나 들어주기 조건을 내걸었다.

대귀족이 될 자가 마법사들과 자신의 기사 앞에서 함부

로 약속할 수는 없는 법.

갑작스럽게 떠오른 조건이었지만 마음에 들었다.

황성 제국 황실 기사학교에 들어가면 그에게 부탁할 일이 반드시 발생할 수밖에 없을 것이다.

'마법단검도 새로 바꿨고, 상급 포션에 중급 포션까지 몇 개 건졌으니 이번에는 정말 대박이었다.'

정령 제어 마법 금속함을 자신들의 눈앞에서 빼앗긴 도로크 마탑 지부장 파르티스가 선물이라며 일회용 마법단검을 새로운 놈으로 바꿔주었다.

비록 위기 상황에서 코빼기도 보이지 않았지만 용서해주기로 했다.

마정석 중에서도 가장 쓸모없는 파괴석 위주로 제작된 일회용 마법단검.

마법사들에게는 하찮은 물건이지만 나와 같은 용병에게는 목숨과 바꿀 수 있는 귀중한 무기다.

거기에 더하여 다음번에 좋은 물건을 얻게 된다면 반드시 자신들의 마탑에 팔아 달라며 상급 포션 한 개와 중급 포션 세 병을 파격적으로 안겨주었다.

금화 말고도 예상치 못한 부수입에 발걸음이 무거울 리가 없었다.

척! 척! 척!

'오늘 쟤들 왜 이래? 몬스터라도 공격해 왔나?'

저물어가는 데론 성의 대로.

웬만하면 보이지 않는 중무장한 병사들이 두툼한 겨울용 갑주와 망토, 방패와 창을 들고 순찰하고 있었다.

평소에는 기껏해야 10여 명이 움직이건만 오늘은 100여 명씩 이동하는 모습.

무거운 표정들을 보아하니 무언가 일이 터진 것 같았다.

'전장기도 흩날리지 않는데 무슨 일이지?'

데론 성은 서부대군단을 지휘하는 대군단장이 머무는 곳.

제국에서도 익히 알려진 무장인 알베로한 후작이 다스리는 곳이다.

다른 귀족들과 달리 황성에 있기보다도 전장이나 영지가 있는 이곳에서 머물기를 좋아하는 노귀족.

용병인 나조차도 존경심이 무럭무럭 풍겨나는 괜찮은 남자였다.

기사와 병사의 군율을 엄격히 하여 서부 고원 대륙에서 몰려오는 부족 용사들을 모두 다 막아내었고, 병사들이 함부로 평민을 다루지 못하도록 조치를 취하였다.

그뿐만 아니라 치안에도 힘써 살인이나 강간, 방화 같은 중요 범죄가 거의 일어나지 않았다.

용병들조차 존경심을 품고 따랐기에 다른 곳에 비해 사건이 덜 발생했다.

　그런 데론 성의 분위기가 심상치 않았다.

　서부 대장성 어떤 곳에서라도 전투가 벌어지면 바로 마법 통신으로 연락이 왔고, 그런 다음에는 데론 성 내성에 높이 칼과 칼이 부딪치는 붉은 전장기가 매달렸다.

　그러나 오늘은 전장기도 펄럭이지 않건만 분위기가 아주 무거웠다.

　순찰하는 병사들의 표정에서도 느긋함과 여유 대신 살기 어린 긴장감이 느껴졌다.

　두두, 두두두두두.

　'이번에는 기마병까지?'

　서부대군단에 배속된 20만 병사 중에 기사단 말고 기마병으로 구성된 이들도 일만 단위가 넘었다.

　길고 긴 장성이었기에 공격 받은 곳에 지원군을 파견하기에는 기마병이 제격.

　평소에는 성 밖에 주둔하던 기마병들까지 중무장한 채 대로를 달렸다.

　'전쟁이라도 났어?'

　눈칫밥으로 살아온 세월이 몇 년.

　생존 본능이 위험을 알려왔다.

'제국 황실 근위기사단의 방문 뒤에 어수선해졌다. 그렇다면… 후작의 안위에 무슨 일이 발생한 건가?'

도로크 마탑에서 마주쳤던 근위기사 카르드네스도 마법 금속함을 구입하고는 신속하게 사라졌다.

머릿속으로 여러 가지 생각이 맴돌았다.

나와 큰 관련이 없는 사건이었지만 알베로한 후작의 정치력 덕분에 평안하게 데론 성에서 먹고살 수 있었다.

그렇기에 살포시 후작의 안위가 걱정되었다.

제국 황실 근위기사는 오직 황명만을 받고 움직이는 존재들.

이곳 변방까지 황성에서 오려면 잘 닦여진 대로를 타고도 한 달 정도의 시간이 소요되었다.

'제국군 마법 통신망이라면 1데크도 걸리지 않을 것인데…….'

오직 대제국이었기에 가능한 마법 통신망.

황도에서 뻗어 나온 제국 곳곳으로 향하는 대로를 타고 도시가 건설되었고, 그 도시에 존재하는 제국군 파견 부대를 통해 마법 통신망이 연결되어 있었다.

단일 마법 통신구로는 아무리 좋은 마정석을 사용하더라도 40크랑의 거리가 한계.

그 거리 안에 존재하는 마법사와 마법 통신구를 통하여

제국 황실과 제국군은 주요 전선의 보고를 즉시 전달 받았으며 명령을 하달했다.

그렇기에 오늘처럼 황성에서 제국 황실 근위기사들이 파견될 일이 거의 드물었다.

황태자나 황자가 직접 출병하거나 전선을 시찰할 때는 모를까 그전에는 제국 황실 근위기사들은 쉽게 볼 수 있는 존재가 아니었다.

물론 가끔씩 황명을 받들어 전선에 직접 파견되는 근위기사들이 존재했지만 아주 드문 일이었다.

"뭐야? 오늘 왜 이리 분위기가 안 좋아?"

"쉿! 조용히 해. 황성에서 황실 근위기사들이 후작님을 모시러 가기 위해서 왔대."

"헉!"

"오늘은 조용히 있자. 후작가 기사들이 눈에 불을 켜고 다녀."

지나치던 용병들이 수군거리며 조용히 사라져 갔다.

'좋지 않는 일이 분명해.'

용병들처럼 빠르게 유리크의 별장으로 발걸음을 옮겼다.

괜히 이런 날 잘못 걸리면 뼈도 못 추린다는 사실을 눈치 빠른 자들은 알고 있었다.

그렇기에 거리는 한산하였다.

크다 할 수 있지만 전염병처럼 퍼진 소문이 어느새 휘돌았을 데론 성.

휘리리리리리링.

잠잠하던 바람이 매섭게 데론 성에 휘몰아치기 시작했다.

Chapter 09
아! 빌어먹을 개 같은
인연이여······

"후우우……."

호흡을 마무리하며 깊게 숨을 들이켰다.

번쩍.

눈이 떠짐과 동시에 사방이 환하게 보였다.

'어, 엄청나다!'

유리크의 별장으로 돌아와 내가 머무는 뒷마당에 딸린 방에서 호흡법을 펼쳤다.

과거와 달리 숨 한 번에 머리와 발끝까지 기운이 전달되었다.

바람의 호흡법이라는 이름처럼 가벼우면서도 활기찬 대자연의 기운이 포스 홀에 가득 쌓였다.

'포스 홀이 또 확장되었다.'

놀라운 경험의 연속이었다.

불완전했던 가문의 바람의 호흡법.

분명 예전처럼 펼쳤건만 누가 도와주기라도 하는 듯 자연스럽게 바람의 기운이 온몸을 휘돌다 포스 홀에 안착했다.

짧은 순간에 진일보한 포스의 양.

발전이 없던 포스 홀 크기가 넓고 단단하게 확장되어 있었다.

'이 정도면 포스 유저 중에서도 중급 정도일 것이다!'

포스 블레이드를 검에 담지 않았지만 늘어난 포스 홀의 양이 상당 수준까지 올랐음을 짐작할 수 있었다.

비온 뒤에 쑥쑥 자라는 속이 빈 마디르 나무처럼 하루가 멀다 하고 늘어나는 포스.

힘이 강해지자 자신감도 상승하였다.

'정령수라도 하나 계약할 수 있다면 더할 나위 없을 것인데.'

살포시 일어나는 정령수에 대한 미련.

아버지도 소환할 수 있었던 바람의 정령수.

오직 나만이 가문에서 바람의 정령을 계약하지 못했다.

'정령수를 소환하기 위해서는 정령사와 마법사의 도움이 필요하다.'

인간들이 사는 이곳 중간계와 다른 차원들.

정령계와 마계 그리고 천계.

신마 전쟁 때나 열리는 마계와 천계는 이미 인간에게는 잊힌 전설에 불과했다.

대륙에서 자취를 감춘 드래곤만큼이나 마족과 천족들은 중간계에 모습을 드러낸 지 오래였다.

가끔씩 흑마법사들이 마계의 마수들을 소환한 적은 있어도 마족은 지상에 나타난 적이 없었다.

그와 더불어 중간계의 지배자이자 조절자라 불리는 드래곤도 사라졌다.

인간들의 역사서에 수천 년 전에 마지막으로 기록된 드래곤 출현.

아직도 보석과 금이 산처럼 쌓여 있다는 드래곤 레어를 찾아 모험을 떠나는 여행자들이 존재했지만 전설로 불릴 뿐이다.

그러나 정령계는 아니 그러했다.

인간 세상과 밀접하게 관련되어 있는 정령들.

대자연의 모든 것이라 할 수 있는 사대 속성의 주인인 정령들과 인간의 삶은 떼려야 뗄 수 없는 관계였다.

바람과 불과 물과 대지.

내가 보고 느끼고 마시며 숨 쉬는 모든 것의 전부.

정령계를 직접 인간이 방문할 수는 없지만 인간 세상에 존재하는 것들은 정령들의 가호 속에 존재함을 정령사인 나는 더욱더 느낄 수 있었다.

그러한 정령들은 하급 정령수와 정령족, 정령 기사, 정령 수호기사, 정령왕의 계급이 존재했고, 그들과 계약을 맺기 위해서는 정령계를 열어줄 수 있는 마법사와 친화력이 있는 정령들을 불러낼 수 있는 정령사가 필요했다.

중간계에서 뛰노는 정령수들을 직접 계약할 수 있는 자는 정령왕의 축복을 받은 이들이나 가능한 일.

나처럼 저주 받은 이들은 반드시 정령사와 마법사의 도움이 요구되었다.

'황실 기사학교에 가면 능력 있는 정령사와 마법사들이 많다고 했다. 그들의 도움을 얻는다면 정령수라도 한 마리 얻을 수 있을 것이다.'

결코 포기하지 않았다.

명색이 바람의 대정령사를 배출했던 가문의 직계 자손.

정령수 한 마리 소환 못한다면 죽어 저승에 간 뒤에 선조님들에게 구박 좀 받을 것이리라.

찌질하게 정령수 한 마리 못 키워본 대정령사 가문의 불량 씨앗이라고 말이다.

'그런데 그 마법사 여인은 이름이 뭘까? 자꾸 생각나네.'

가문의 부흥에 보태 쓰라고 던져 준 금화 한 개.

품속 깊숙이 보관하였다.

난생처음 여인에게서 받아보는 행운의 선물.

풋 하고 나를 향해 웃던 풋풋한 미소녀 마법사의 모습에 마음이 흔들렸다.

하지만 아쉽게도 이름을 알지 못했다.

더군다나 여인은 요즘 대륙에서 가장 잘나가는 엘크리안 마탑의 마법사.

기사도 아닌 3급 용병인 내가 어찌할 수 있는 존재가 아니었다.

'더럽고 치사해서 반드시 근위기사 먹는다!'

사실 마음만 먹는다면 내 실력으로도 시골 남작가 정도의 기사 자리는 얻을 수 있었다.

정식으로 제국 기사학교 출신이 아니더라도 실력을 인정받은 이들은 귀족들의 작위에 따라 일정 수준 임명하였다.

물론 그런 기사들은 제국 기사학교 출신들에게는 무시당했다.

말 그대로 시골뜨기 기사였다.

‘그건 그렇고, 슬슬 나타날 때가 됐는데…….’

마탑 사거리에서 그렇게 난리를 쳤으니 소문이 안 났을 리가 없다.

마법사들이야 입과 자존심이 무거워 입을 열지 않겠지만 보고 들었던 용병들과 상인, 평민이 많았다.

3년 동안 데론 성에 살면서 아는 이들이 다수 존재했다.

행운의 아르테온이라 불리는 나.

기다렸다.

데론 성보다 더 질긴 인연.

변태 잡종 하프 엘프 그놈을…….

"어여~ 나의 존경하는 친구 아르테온!"

‘왔다!’

나보다 수십 살, 아니, 백여 살 이상 더 처먹었음이 확실한, 나이를 알 수 없는 하프 엘프가 느끼한 목소리로 나를 불렀다.

마지막 관문.

"오! 나의 영원한 동반자 하르케니스! 나 여기 있다!"

활짝 웃으며 방문 밖을 향해 힘차게 외쳤다.

덜컹.

문이 열렸다.

그리고 그놈이 들어왔다.

"나의 목숨보다 더 소중하고 저 하늘의 태양같이 언제나 뜨거운 열정을 소유한 용병 아르테온~ 나는 들었노라. 마나를 자신들만의 것이라 우기는 우매한 마법사들이 너를 핍박하였다는 소리를!"

하프 엘프 입에서 흘러나오는 느끼한 단어들.

누가 보면 우리 둘은 존경하고 사랑하는 친구 사이라 말할 만하였다.

'썩을 놈, 돈 냄새 맡았어!'

말과는 달리 차갑게 빛나는 잡종 엘프의 은빛 파란 눈동자.

절대 들키거나 빼앗길 수 없었다.

"하하, 하르케니스 너의 걱정 덕분에 무사히 빠져나왔다."

"다행이다. 소식을 듣고 부랴부랴 찾아갔었다, 내 영혼의 반쪽이여~"

'부랴부랴? 벌써 그 시간이면 활활 몸뚱이가 타서 재가 되어 바람에 흩날리고도 남을 시각이야! 이 입만 번지르르한 잡종 엘프야!'

눈앞에서 돈 좀 벌어보겠다고 나를 내팽개친 잡종 엘프가 위험한 마법사들 앞에서 잘도 나를 보호했겠다.

분명 지금껏 성안의 헤픈 계집들과 뜨거운 입맞춤이나

나누고 왔을 몹쓸 놈.

놈이 들어서자 여인들의 잡다한 향수가 같이 몰려왔다.

"고맙다. 나와 친했던 용병 놈들은 계집질하기 바빴는지 얼굴도 보이지 않았다."

"그런 고약한 놈들과는 인연을 끊어라. 순수한 너와 나의 우정만이 오직 험난한 세상을 헤쳐 나갈 지혜의 빛일 것이다."

'와아, 진짜 뻔뻔하다!'

자신을 지칭했음을 모를 바도 아니건만 한 귀로 듣고 흘려버리며 인연까지 끊으라고 말하는 하르케니스.

평화와 조화를 상징하는 엘프의 뾰족한 귀때기를 콱 물어뜯어 버리고 싶었다.

"사실 고백할 것이 있다, 친구여~"

놈을 만나면 언제나 이상해지는 말버릇.

"말하라. 진실함을 피처럼 나눈 너와 나에게 불의와 거짓은 존재할 수 없는 법. 너의 고백을 듣겠노라."

'진실을 피처럼? 악의와 거짓의 새카만 구정물 같은 우정이 아니라?'

아무리 생각해도 하르케니스와 진실을 나눠본 적이 없는 과거 역사.

"사실… 하르케니스 네가 날 버린 그날……."

"허어, 널 버리다니. 어디 가서 그런 말 하지 말라. 정령 수가 힘이 부쳐 너를 어쩔 수 없이 적지에 홀로 남겨두고 떠나온 나의 아픈 마음을 진정 모르겠더냐?"

'와! 이 새끼 진짜 뻔뻔하다!'

용병들이 직접 눈앞에서 고백하고 하르케니스를 원흉이 라 밝히며 나를 도박 대상으로 삼았다 했건만, 그것도 부정 하는 위대한 사기꾼.

놈의 질릴 정도로 새하얀 볼에 주먹 한 방을 날려 버리고 싶은 것을 꾹꾹 참아 눌렀다.

"나는 믿는다. 너의 진실된 마음을……."

어차피 하르케니스와 나는 이렇고 이런 사이.

돈 안 되는 거짓으로 서로를 치장하였다.

"그런데 그날 무슨 일이 있었던 것인가?"

돈 이야기가 본격적으로 나옴을 알고 눈을 반짝이는 하 프 엘프.

"이루카카 놈들을 피해 지하로 도망을 갔다. 그리고… 우 연찮게 비상 통로를 발견하여 빠져나왔다."

"응?"

간단한 내 말에 큰 눈을 껌벅이는 엘프 잡종.

"아! 그리고 나오는 와중에 누가 버리고 간 것 같은 발광 마정석 하나를 주워왔다. 그리고 잊고 있다가 오늘 마탑에 가서 팔았다.”

아주 자연스럽게 흘러나오는 거짓말.

하르케니스 앞에만 서면 줄줄 뻔뻔하고 헛된 거짓말이 잘도 나왔다.

“하나?”

의문을 표시하는 하르케니스.

“그렇다. 아마도 예전 영주나 누군가가 도망치다가 실수로 흘린 것 같다.”

“흐음…….”

아무렇지 않은 태연한 내 말투에 짧은 신음을 흘리며 나를 조용히 바라보는, 아니, 노려보는 하르케니스.

“금화 400개를 받았다.”

“…….”

“지금 나눠줄 수도 있지만 오는 와중에 용병 길드에서 받아온 급료까지 해서 너무 무거워 아르코안 상단에 맡겨놓았다. 내일 날이 밝으면 그때 너에게 약속대로 배분해 주겠다.”

짐짓 인심을 쓰고 투명하며 화끈하게 계산하겠다고 전했다.

“푸하하하하하하하하하하!”

갑자기 미친 듯 광소를 터뜨리는 하르케니스.

'저 새끼가 약 처먹었나. 왜 웃고 지랄이야.'

여인들이 보면 매력 넘치는 하르케니스의 웃음소리에 홀딱 빠졌겠지만 내 눈에는 마족의 흉소처럼 보였다.

"고맙다, 나의 친구이자 형제여! 진정 너의 솔직한 양심의 고백에 내 가슴이 뜨겁게 울리는 바이다!"

와락.

'커억……'

말과 함께 나를 격하게 껴안아 버리는 하르케니스.

우두둑.

얼마나 힘차게 껴안았는지 등뼈가 우두둑 소리를 경쾌하게 뿜어내었다.

'사, 살기?'

짧은 순간이었지만 피부 깊숙이 침투하는 진한 살기.

지금껏 만난 그 어떤 몬스터나 적보다 강렬한 그 기운.

'서, 설마……'

그대로 포스를 조금만 섞으면 내 허리가 부러질 수도 있었다.

"하, 하르케니스……. 크으."

고통에 힘겨워하며 미친 엘프 놈을 불렀다.

"아! 미안하다. 친구의 뜨거운 우정에 잠시 이성을 잃었다."

스르륵.

잠시 이성을 잃었다고(?) 솔직 담백하게 고백하는 변태 잡종 엘프 놈.

'이놈과 함께하면 언제 죽을지 모른다. 으으으.'

다시 한 번 뼈저리게 느끼는 변태 엘프의 위험성.

절대 같은 하늘에서 살 수 없는 원수와 다를 바 없다.

아니, 가문의 원수보다 더한 악연이다.

"하, 하르케니스, 오늘은 내가 한잔 사겠다!"

도망치기 위해서는 이놈을 정신 잃게 만드는 방법뿐.

"네가?"

"그렇다. 오늘 너와의 인연을 허락하신 모든 신께 감사드리는 마음으로 크게 한턱 낼 것이다!"

"오오! 신께서 나의 기도에 응답하셨도다! 친구의 우정보다 더 소중하게 여기는 금화의 노예였던 나의 친구 아르테온! 너의 지극한 정성에 이 부족한 하프 엘프는 눈물을 아니 흘릴 수 없도다! 가자~ 가서 마시자! 너와 나의 우정처럼 저 하늘 높이 술잔을 높이자!"

술 이야기가 나오자 눈을 번뜩이는 엘프.

'그래, 마셔라! 아예 퍼마시다 그대로 뒈져라!'

죽음의 사신인 일케라와 오케론은 뭐하는지 모르겠다.

인간계에 남겨봤자 책임지지 못할 잡종 하프 엘프나 생

산해 내는 씨받이 종마 엘프 하르케니스.

이런 아랫도리 말고 쓸모없는 하프 엘프를 데려가 맑은 공기로 숨 쉬는 깨끗하고 살기 좋은 인간계를 만들지 않고 말이다.

"주군! 도망치셔야 하옵니다!"

"주군, 어서 결정을 내려주시옵소서!"

데론 성 내성에 위치한 서부대군단 대군장 집무실.

마법으로 방음되는 넓은 집무실에 몇몇의 갑옷 입은 이들이 모여 있었다.

얼굴이 붉게 달아올라 홍분한 듯한 이들.

집무실에 위치한 넓고 단단한 검은 대리석으로 만든 탁자 뒤편에 가죽 의자에 앉아 창밖을 보고 있는 남자를 향해 결정을 내리라 충언하고 있었다.

"허허, 경들은 갈 곳이 어디 있다고 나보고 도망을 치라 하는가?"

저 멀리 창문 밖으로 보이는 히모르 산맥 자락에서 시선을 거두며 가문의 가신들을 바라보는 한 남자.

알베로한 레올 칼포르 후작.

올해 나이 55세.

190투랑이 넘는 큰 키에 떡 벌어진 어깨, 단단한 사각형의 날 선 얼굴과 굵은 눈썹, 입술, 단단한 콧등은 전형적인 기사의 모습 그대로.

거기에 단정하게 빗겨 내려온 회금발은 중년 노장의 품격을 그대로 전해주었다.

"주군, 베투란 항구에 배를 준비시켰습니다. 오베스 신성 제국 쪽에 망명 의사를 전달했고 그곳에서도 회신이 왔습니다. 지금이라도 늦지 않았습니다! 어서 결단을 내려주시옵소서!"

"주군!!"

집무실에 들어와 있는 다섯 명의 인물.

칼포르 후작가를 중심으로 섬기는 두 자작가와 세 남작가의 영주들이 바로 그들이었다.

지난 수백 년간 후작가와 함께 서부 방어를 책임지고 있는 무장 가문들.

피보다 더 끈끈한 충성심을 표출하였다.

"역적으로 몰린 것도 아니고 황제 폐하께서 잠시 나를 부른 것일 수도 있네. 그런데 내가 도망을 쳐버린다면… 지난 세월 선조들의 피와 땀으로 이룩한 가문은 변절자로 낙인 찍혀 영원히 구제받지 못할 것이야."

담담하게 자신의 운명을 받아들이는 알베로한 후작.

평생 후회없이 살아온 정직한 귀족의 표본인 그는 죽음

을 두려워하지 않았다.

황성에서 수상한 분위기가 흐름을 그도 알고 있었다.

서부 대장성이 건축되었기에 이제는 별로 필요하지 않는 칼포르 후작가.

정치적으로 언제나 중립을 표방하였지만 황자들의 권력 다툼이 본격적으로 시작되자 폭풍의 중심에 설 수밖에 없었다.

무려 20만이 넘는 중앙군과 일만의 사병을 소유하고 있는 칼포르 후작가.

그의 선택을 받는 황자는 큰 힘을 얻을 것이기에 끊임없이 세력들로부터 구애를 받았다.

그러나 오직 제국의 안위만을 위하여 살아온 가문의 역사에 누가 되지 않기 위하여 최선을 다해왔던 알베로한 후작.

위기를 맞이했다.

황자들 말고도 보이지 않는 제국의 정치 세력들이 그의 희생을 요구하였다.

대군단을 지휘할 수 있는 요직에 자신들의 세력을 심기 위하여 칼포르 후작가의 멸문을 원했다.

이런 사실을 황성에 위치한 제국을 앞날을 걱정하는 귀족들로부터 전해 들은 알베로한 후작.

설마 하는 심정이었다.

황제도 알고 있는 자신의 뜨거운 충정.

그것 하나만을 믿고 묵묵히 대군단장 직위를 수행하고 있었다.

그러나 올 것이 오고 말았다.

자신에게 정보를 알려주던 몇몇 귀족들이 역모죄로 투옥되었다는 사실이 들려오고, 얼마 지나지 않아 제국 황성 근위기사들이 자신을 호위하러 몰려왔다.

황제의 명령.

머리가 돌이 아닌 이상 지금 무슨 상황인지 모두 다 짐작할 수 있었다.

"주군, 이대로 황성에 들어가면 역모로 몰려 억울하게 운명을 달리하실 수 있습니다! 그러느니 차라리 목숨을 보전하였다가 후일을 도모하심이 좋을 것이옵니다!"

"주군! 속히 결단을 내려주시옵소서!"

밤이 깊어가는 대군단장의 집무실.

내일 아침 후작과 함께 제국 황실 근위기사들은 떠날 것.

속이 타는 가신들이 주군의 결단을 기다렸다.

"내가 떠난 후 정확히 3일 후에 데네르와 아리네스를 데리고 오베스 신성제국으로 떠나게. 그거 하나면 족하네."

자신의 죽음은 두려워하지 않았지만 늦게 얻은 아들과

딸을 걱정하는 아버지 알베로한 후작.

늦은 출산으로 인한 산고의 후유증으로 먼저 떠난 후작 부인을 대신하여 아이들에게 최선을 다했던 알베로한 후작은 두 자식의 목숨만큼은 살리고 싶어 했다.

"주군……."

"크으."

확고한 주군의 결심에 가신들은 입술을 피나게 깨물었다.

지난 수백 년 세월 동안 제국의 안위를 위하여 언제나 최선봉에서 적을 맞이했던 칼포르 후작가와 그 가신 가문.

제국의 다른 귀족들과 황실은 알지 못하겠지만 후작가와 가신 가문들의 선조들은 목숨 바쳐 서부 고원 대륙의 부족 전사들과 히모르 산맥의 몬스터들로부터 제국 영토를 수호해 왔다.

그러나 서부 대장성이 완성되자 사냥철이 끝나 사냥개가 귀찮은 주인들처럼 후작가를 처단하려는 여러 귀족들의 음모.

황성에 별다른 정치 우호 세력이 존재하지 않는 무골 가문이었기에 이런 사태 때는 멍하니 당할 수밖에 없었다.

"경들도 각자 목숨을 보전하게. 분위기가 심상치 않으니 잠시 몸을 피하도록 하게."

칼포르 후작가가 사라지면 그 가신 가문을 가만히 놔둘 귀족들이 아니었다.

제국의 영토는 넓었지만 영지를 확장할 수 없기에 귀족들은 영지 부족에 시달려야 했다.

엄청난 권력과 영지를 소유한 귀족들은 자신들의 자식들에게 영지와 작위 주기를 희망하였지만 제국은 이미 귀족들로 포화 상태.

그러한 까닭에 서부 고원 대륙 원정을 떠났다.

새로이 영토를 확보하여 영지에 굶주린 귀족들의 배를 채우기 위함도 있었던 것이다.

"안타깝고 안타까워……. 지난 300년의 평화가 단 몇 명의 욕심 때문에 뿌리째 흔들리다니……."

칼포르 후작도 이 일의 원흉을 대충 짐작하고 있었다.

제국의 안정보다는 분열을 원하는 욕심 많은 오르크 같은 공작들과 공왕들.

그들이 제국의 뿌리를 흔들고 있었다.

단지 자신들의 배를 채우기 위하여 제국 전체를 위기에 몰아넣고 있었던 것이다.

"우헤헤헤헤헤헤."

"클클클……."

"야! 술이 떨어졌잖아! 더 가져와!"

서부 고원 대륙에서 생환한 용병들로 인하여 언제나 시끌벅적한 유리크의 별장.

아는 용병들만 찾아오는 데론 성의 명물이었지만 고위 용병들은 애용하지 않았다.

1급 이상의 용병들은 자신들이 귀족도 아니건만 까탈을 떨었다.

그렇기에 용병 짬밥 좀 먹은 이들이나 찾아오는 유리크의 별장.

하프 엘프 하르케니스라는 2급 용병이 주로 머물기에 급수 낮은 용병들은 이곳에서 행패를 부리지 못했다.

더욱이 이번 서부 고원 대륙 원정에서 끈끈하게 용병단처럼 지냈던 이들이 떨어지기 싫어하여 이곳을 거의 한 달째 전세 내고 있었다.

"행운의 아르테온을 위하여!"

"위하여!"

초저녁부터 시작한 술자리가 밤늦게까지 이어지고 있었다.

"어머~! 오빠, 오늘따라 너무 무리하신다~"

"짠돌이 아르테온이 쏜다고 했다! 모두 죽어라 마셔라! 크하하하하!"

"오늘 아니면 언제 다시 기회가 올지 모른다! 모두 마시고 마셔!"

오늘 먹는 모든 술값과 안주 값을 지불하겠다는 용병 아르테온의 한마디.

엄청나게 벌었던 원정 급료를 어느새 계집질과 술값으로 탕진해 가던 용병들은 눈이 돌아갔다.

유리크의 별장에 있는 가슴 터질 것 같은 풍만한 술집 여인들을 안고서 입을 벌리고 술을 쑤셔 넣었다.

"모두 다 존경하고 언제나 생명과 행운의 여신들과 함께하는 내 심장 같은 친구 아르테온을 위하여 모두 건배!"

"건배!"

이층 난간에 서서 독주를 병째로 들이켜는 하프 엘프 하르케니스.

왼손에는 주점의 주인 이사베르의 개미 같은 허리를 껴안고 오른손에는 술병을 들고 이 순간을 화끈하게 즐겼다.

'그래, 부어라! 마셔라! 그리고… 뒈져라! 썅!'

피 같은 돈이 줄줄 새어 나갔다.

엘프 한 놈 떨어뜨리기 위하여 벌여야 하는 한 판 술자리.

변태 잡종 엘프 한 놈에게 술을 산다 했건만 어느새 모든 용병들에게 내가 한턱 쏜다고 헛소리를 지껄였다.

그리고 그 소리에 죽기 살기로 술을 퍼마시는 술 처먹은 돼지 같은 용병 새끼들.

주점 자리를 빼곡하게 차지하고 맥주와 싸구려 독주를 무식하게 입에 쑤셔 넣었다.

"친구여~ 그런데 너는 왜 술을 마시지 않는가?"

연속 건배를 외치며 독주를 몇 병 비운 하르케니스가 눈동자가 살짝 풀린 채 술을 마시지 않는 이유를 물어왔다.

"친구여, 내가 말하지 않았던가. 오팔르 요새에서 마셨던 술 때문에 온몸에 두드러기가 났다고 말이야."

"그래? 흐음……."

내 거짓말에 게슴츠레 작은 눈을 뜨고 바라보는 변태 잡종.

"이사베르, 뭐해? 하르케니스 술 떨어졌잖아."

"호호, 알았어요. 제가 금방 가져올게요."

하룻밤 술값으로 엄청난 수익을 얻고 있는 이사베르가 후다닥 밑으로 내려갔다.

"끄윽, 취한다."

'이 잡종 엘프야! 그 정도로 처먹었으면 나 같은 놈은 진작 죽었어!'

공짜라 그런지 평소보다 더 퍼먹는 하프 엘프 놈.

독한 사과 발효주와 옥수수 발효주 수십 병을 마셨다.

안주도 없이 벌컥벌컥 나무통과 유리병에 들어 있는 술을 마시는 술주정뱅이 엘프 놈.

남들에게는 치사량에 가까울 정도로 마셨건만 이제야 조금 취하는 것 같았다.

"아이구, 우리 예쁜 알테르. 이 오빠가 가슴 한번 만져 볼까?"

"어머, 저 그렇게 쉬운 여자 아니에요. 호호호!"

"호호호, 왜 이래? 불과 며칠 전까지만 해도 나밖에 없다고 했잖아."

"오빠도 참, 그때는 이 알테르의 가슴을 뜨겁게 해줄 반짝이는 금화가 있었잖아요."

"금화? 조금만 기다려. 며칠 내로 성 밖에 나가 최고급 몬스터 가죽을 벗겨올 테니까."

"정말요? 호호, 그럼 오늘까지만……."

돈에 죽고 사는 용병과 술집 여인들.

저렇게 계집에게 돈 다 뺏기고 연장 하나 들고 몬스터에게 달려들였다가 골로 간 용병이 수백, 수천, 수만 명.

아마 지난 세월 동안 데론 성에 왔다가 허무하게 죽은 용병들의 뼈로 성을 쌓으면 거짓말 조금 보태 대장성을 건축할 수 있을 것이리라.

'그동안 다들 수고했다. 언제 다시 볼지 모르지만 잘 퍼

먹고 잘살고 있어라.'

한 번쯤은 이런 날을 생각하고 있었다.

세상 풍파를 이겨내고 데론 성에 들어온 어린 나를 용병 취급해 주며 먹고살게 해주었던 수많은 용병들.

평민들에게는 무섭고 성질 더러운 이들이었지만 내 눈에는 그렇게 보이지 않았다.

보기보다 착하고 순수한 영혼을 소유하고 있다 말해주고 싶었다.

떳떳하게 몸뚱이 하나 가지고 먹고사는 꿈 없는 용병들.

3년 동안 알고 지내던 용병 상당수가 서부 고원 대륙이나 히모르 산맥에서 불귀의 객이 되었다.

그런 이들을 추억하며 그나마 나와 함께 추억을 만들었던 용병들에게 술 한잔 사주고 떠날 생각이었다.

변태 잡종 하르케니스는 그 와중에 덤이었다.

"크으, 취한다."

아무리 무한 체력에 술이 강하다 하더라도 독주를 수십 병 마신 채로 무사하기는 힘든 법.

하르케니스가 난간에서 취한다며 몸을 휘청거렸다.

"친구, 괜찮은가?"

하르케니스를 부축했다.

"크크, 기분 좋다. 하프 엘프 긴 인생 중에 이렇게 즐거운 날이 있을 줄이야."

나에게 공짜로 얻어먹은 오늘 이날이 그렇게도 기쁜 하르케니스.

'죽어도 안 썩어 죽을 놈! 계집들과 함께할 때 세상에서 가장 즐겁다더니!'

내가 베푼 술자리에 기분 좋아 휘청거리는 하프 엘프.

놈을 버리고 토낄 생각을 하니 가슴이 살짝 찡하기도 했다.

미운 정도 정이라고, 그동안 변태와 함께했던 길고도 험악했던 추억들.

'안 돼! 절대 마음 약해져서는 안 돼!'

과거의 추억을 생각하자 불끈 의욕이 샘솟았다.

돈도 좋지만 놈과 함께하면 언제나 피 말리는 추격전에 전투, 생명을 담보로 한 도박이 벌어졌다.

다시는 경험하고 싶지 않은 싹 지워 버리고 싶은 기억들.

"이사베르~ 오늘 내 친구 화끈하게(?) 모셔!"

"호호, 걱정 마. 아르테온의 부탁이 아니더라도 언제나 화끈하니까."

'쩝, 부러운 변태 잡종 같으니라고.'

떠나는 마당에도 자유스럽고 잡스러운 영혼을 소유한 하르케니스가 살짝 부러웠다.

술집이나 평민 여인들 사이에서도 인기 넘치는 하르케니스.

용병질을 하다가도 여자를 만나면 길가의 꽃을 따서 수작질하던 놈의 연애질.

100이면 99의 여인들이 그런 하르케니스에 꼬임에 넘어갔다.

투캉투캉.

아직 품에 안겨 있는 하르케니스의 심장 소리가 언제나 착용하고 있는 가죽 갑옷을 통해 전달되었다.

용병 일을 나갈 때 말고는 거의 무기나 갑옷을 착용하지 않는 하르케니스.

녀석의 체취와 심장 소리가 기억 깊숙이 저장되었다.

"하르케니스, 이제 들어가 쉬어야지."

술병을 나에게 건네고 이사베르가 큰 키의 하르케니스를 부축했다.

2층 난간 바로 옆에 있는 하르케니스 전용 침실.

"이사베르……."

"왜?"

"그 녀석 잘 부탁해."

"호호, 걱정 말라니까. 하르케니스는 내 영원한 친구야~"

하르케니스의 몹쓸 친구라는 말에 전염된 술집 주인인

이사베르도 영원한 친구라는 말을 입에 담았다.

'영원한 친구라…….'

"아음, 좀 더 마셔야는데…. 내 친구 아르테온과 함께……. 음냐, 음냐."

가벼운 주정을 하며 이사베르와 함께 열린 방 안으로 사라지는 변태 잡종 엘프.

쿵.

문이 닫혔다.

'흐음.'

끝까지 나를 친구라 부르는 하르케니스의 말에 마음이 무거워졌다.

꿀꺽.

그리고 나도 모르게 이사베르가 건넨 술병을 입에 가져갔다.

이제는 추억으로만 간직해야 할 이곳 데론 성에서의 인연들.

"크으……."

입안을 화끈하게 지지며 목젖을 타고 내려가는 사과주의 독한 맛에 신음을 흘렸다.

"꿀꺽꿀꺽."

아팠지만 다시 입을 열고 마셔갔다.

한 병의 술을 다 마셔가는 동안,

짧지 않은 지난 세월의 기쁘고 슬펐던 기억들을 추억하면서…….

"오늘은 저기서 쉬었다 갈 것이니 모두들 힘을 내라고!"

상단을 이끄는 상인들이 쉬었다 갈 수 있는 대로 옆의 작은 강가 공터를 가리키며 상단주가 힘차게 외쳤다.

따각따각따깍.

히이이잉.

카로크안 대제국이 건설한 제국 대로.

동쪽으로는 동부 사막 초원지대부터 시작하여, 쌍둥이 반도, 북부 평원 지대, 서부 고원 대륙까지 제국의 영토 확장과 맞물려 완성된 군사적 목적의 도로였다.

그렇지만 지금에 이르러서는 그 대로를 타고 수많은 영지와 도시들이 존재했다.

대로와 연결된 영지는 엄청난 부흥을 맞이하지만 그와 반대로 대로와 멀어질수록 경제적으로 손실을 봐야 했다.

'휴우, 이제는 못 쫓아오겠지.'

변태 하프 엘프와 이별하기 위하여 꼼꼼하게 계략을 펼쳤다.

데론 성에 돌아오자마자 물건을 정리하였고, 그 다음날

이른 새벽에 황성으로 출발하는 가죽 세공 상단의 호위 용병을 싼 가격에 계약을 맺었다.

홀로 가기에는 내 실력으로 험난한 황성까지의 길이었기에 상단과 함께 움직여야 했다.

각 영지의 검문에서 자유로울 수 있었고, 혹시 모를 강도나 몬스터로부터 안전을 획득할 수 있기에 상단을 따라가야 하는 것이다.

홀로 여행하는 여행자나 용병들은 '나 바보예요. 맛있게 잡아드세요' 라고 광고를 하는 것과 다를 바가 없었다.

제국 치안이 안정되어 있다지만 그것은 어디까지나 도시나 마을에서나 가능한 일이었다.

더욱이 이번 계약은 헤론트에게 특별히 부탁하여 아무에게도 알리지 말아 달라고 했다.

끈끈이 풀 같은 변태 하프 엘프가 나를 따라올 수 있기에 절대 알릴 수 없었다.

몇 달간이면 충분했다.

이제는 나의 길을 가야 할 때였다.

'이 정도 속도면 한 달 반 정도면 되겠어.'

히모르 산맥에서 나는 각종 몬스터 가죽으로 제조된 가죽 부츠와 장갑, 갑옷 등등, 상당히 고가의 물품이 마법 경량화 처리된 마차에 실려 있었다.

겨울이 가기 전에 처분해야 했기에 갈 길이 바쁜 가죽 세공 상단.

상단주와 마부 열다섯에 호위 용병이 약 이십여 명.

그것도 말을 탈 줄 아는 이들이 대부분인 용병들.

어릴 적부터 승마를 배운 나이기에 미리 구입해 두었던 말을 타고 상단과 같이 출발했다.

이른 새벽, 사과주 한 병을 마시고 겨울 안개가 짙게 피어 오른 정든 데론 성을 벌써 삼 일 전에 떠났다.

혹시 하는 마음이 들었지만 변태 엘프는 따라오지 않았다.

그렇게 술을 진탕 마시고 이사베르와 뜨거운 밤을 보냈다면 적어도 정오에 일어났을 것.

나를 찾고 뭐하다 보면 하루가 지났을 것이며, 말없이 떠난 것을 알면 배신자라 칭하며 결코 따라오지 않을 것이리라.

휘링휘링.

'캬아~ 경치 좋다!'

마차 세 대가 지나갈 정도로 넓게 닦여 있는 대로 위에 쌓인 눈이 불어오는 바람을 따라 은색 가루로 변해 한바탕 춤을 추었다.

보기만 해도 흐뭇한 정경.

데론 성에서 맡았던 용병 일과 비교할 수 없을 정도로 간단하고 안전한 호위 용병 길.

마음은 흩날리는 은빛 눈가루처럼 시원하기 그지없었다.

'그런데 용병이 조금 많은 거 아냐?'

빠르게 이동하는 상단에 호위하는 용병의 숫자가 생각보다 많았다.

요즘 제국 정세가 불안한 까닭에 몬스터들이 제법 설친다고 하였다.

하지만 제국 대로를 타고 이동하는 길에 험한 일을 당할 확률은 그리 많지 않았다.

상당히 고가품의 가죽 세공품이었지만 나보다 못한 이들이 별로 없는 용병의 숫자는 조금 과한 측면이 있었다.

'대지의 정령사까지 포함된 용병단이라……. 뭐, 안전하면 좋지.'

용병 중에는 대지의 정령 냄새가 강하게 나는 여자 정령사도 있었다.

얼굴은 가히 아름답다 말할 수 없지만 그래도 봐줄 만한 여자 정령사.

그리 강하지 않은 대지의 정령수를 소환함이 분명했다.

불의 정령들이 모두 남성 정령사를 선택하듯 남성체인 대지의 정령들은 모두 여자를 정령사로 선택했다.

물과 바람의 정령들은 남녀를 구별하지 않고 정령사를 선택하지만 불과 대지의 정령들은 반대되는 성의 정령사를 택하였다.

'생긴 것들은 심각하게 생겨가지고 얼굴과 몸매는 되게 따져요.'

남성체가 전부인 대지의 정령들은 정령사의 얼굴과 몸매를 따진다고 들었다.

용병 생활 중에 몇 번 본 적 있는 대지의 정령족.

드워프가 형님 할 정도로 짧은 키에 시커멓고 뭉툭한 얼굴을 소유한 자들이 대부분.

그런 대지의 정령족들은 정령사의 얼굴을 끔찍하게도 밝혔다.

대지의 정령사가 되기 위해서는 정령의 친화력이고 나발이고 다 필요없고 얼굴 하나면 된다는 말이 나올 정도였다.

그런 정보에 비추어보자면 지금 상단과 계약을 맺는 여자 대지의 정령사는 썩 훌륭한 대지의 정령을 소환하지 못함이 확실했다.

두툼한 겨울 여행자용 로브 사이로 드러나는 몸매는 제법이었지만 얼굴은 평범한 정도에서 살짝 더하는 정도.

나름 요염하고 빵빵한 술집 여인들을 보고 살아온 내 눈에 양이 찰 리가 없다.

'그런데 무슨 생각으로 용병이 된 거야? 대지의 정령수를 소환하면 어지간한 영지에서 대접받고 살 텐데.'

바람의 정령과 달리 쓸모가 제법 많은 대지의 정령수.

농사일이나 건축 같은 일에 많이 사용되는 대지의 정령수였기에 환영받는 곳이 많았다.

거기에 문제는 정령사가 여자라는 것.

말이 좋아 용병이지 남자도 힘든 막일이다.

힘든 일은 그렇다 치더라도 넘치는 게 힘밖에 없는 용병들로부터 험한 꼴을 당할 수도 있고, 잘 씻지도 못하며 볼일 볼 때 귀찮은 등등.

여자에게는 아주 불리한 직업이 바로 용병질이었다.

'무슨 사연이 있겠지.'

관심을 거두며 말을 몰며 상단과 보조를 맞췄다.

상단은 일반 상단보다 조금 더 빠른 속도로 대로를 이동하였다.

경량화 마법과 강화 마법이 걸려 있는 고가품의 마차였기에 일반 상단보다는 빠르게 움직였다.

"누군가 먼저 와 있는 분이 계시군."

"불이 피워져 있으니 따끈하게 수프를 빨리 만들 수 있겠어."

"아이구, 삭신이야."

데론 성에서 벗어난 지 삼 일째.

다른 대륙보다 위험하기에 개발이 덜 진척된 서부 지역은 쉴 곳이 만만치 않았다.

더군다나 아직 추운 겨울날.

말 위에서 긴장감 없이 말을 타고 온 용병들은 삭신이 쑤시는지 편히 쉴 생각만을 하였다.

'서부 고원 대륙에 비하면 이 정도는 아무것도 아니지.'

전사들과 몬스터의 습격에 대비하여 저녁에도 깊이 잠들 수 없는 서부 고원 대륙의 원정.

용병들이 힘들다 말했지만 나에게는 누워서 수프 먹을 정도로 쉬운 일에 불과했다.

먹여주고 재워주고, 돈도 주며 호위까지 겸하는 상단 호위 용병 일.

돈이 적어서 문제지, 다른 불만은 전혀 없었다.

꾸이이이이이이이이이.

'응?'

그렇게 쉴 곳을 향해 상단이 다가가는 순간,

갑자기 머리 위 높은 곳에서 들려오는 아주 익숙한 새 새끼 소리.

번쩍 나도 모르게 고개가 들려졌다.

"허, 허억……."

그리고 터져 나오는 놀람의 비명.

꾸이이이, 구이이이이이이이.

꿈에서도 만나기 싫은, 주인 닮아 싸가지없는 잡놈의 은빛 새 새끼 한 마리가 내 머리 위에서 빙빙 맴돌았다.

"……!!"

나도 모르게 온몸의 살이 부르르 떨렸다.

"하하, 하하하하! 어여~ 내 영혼의 동반자이자 끊으려야 끊을 수 없는 신이 짝지은 운명의 친구여~"

"캑."

상단 마차가 멈추어 서고 있는 곳.

작은 냇가 옆의 공간에 제법 큰 불을 피워놓고 큼지막한 물고기를 굽고 있던 이방인이 등을 돌리며 모습을 보였다.

"하, 하르케니스!!"

그러했다.

술 처먹여 데론 성에 버리고 도망쳤던 썩을 변태 잡종 엘프.

그 지독한 악연이 입가에 한줄기 시원한 미소를 지으며 나를 바라보고 있었다.

'아! 이 빌어먹을 개 같은 인연이여!'

차마 입 밖으로 내지 못하는 저주의 한탄.

하늘을 바라보며 왈칵 쏟아지려는 눈물을 참았다.
끝나지 않는 질기고 질긴 잡놈의 인연.
콱 혀 깨물고 죽고 싶은 심정이었다.

『바람의 기사 아르테온』 2권에 계속…

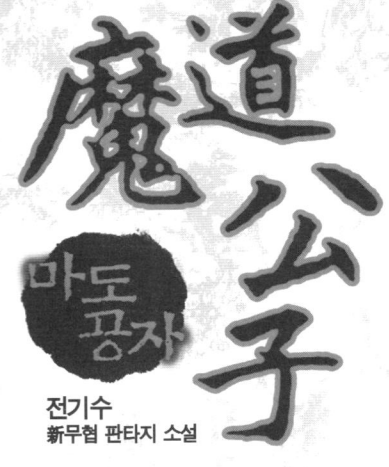

秘跡潛虎

비룡잠호

오채지 新무협 판타지 소설

『백가쟁패』, 『혈기수라』의 작가 오채지가 돌아왔다!
그가 선사하는 무림기!

비룡잠호!

야만의 전사 오백으로 일만 마병을 쓰러뜨리고
홀연히 사라진 희대의 잠룡(潛龍).
그가 십 년의 은거를 깨고 강호로 나오다.

"나를 불러낸 건 실수야."

이가 갈리고 치가 떨리는
경험을 만들어주겠다!

Book Publishing CHUNGEORAM

유행이 아닌 자유추구 -
WWW.chungeoram.com

장강삼협

長江三峽

조돈형 新무협 판타지 소설

『궁귀검신』, 『마도십병』, 『운룡쟁천』의
작가 **조돈형**
그가 장강의 사나이들과 함께 돌아왔다!

굽이쳐 흐르는 거대한 장강의 흐름 속에서
선혈처럼 피어나 유성처럼 지는 사내들의 향취!

장강삼협(長江三峽)!

하늘 아래 누구보다 올곧았던 아버지의 시신을 이끌고
고향으로 돌아온 유대웅을 기다리고 있던 것은
천오백 년의 시공을 뛰어넘은 패왕(霸王)의 무(武)와 검(劍)!

패왕칠검(霸王七劍)과 팔뢰진천(八雷振天)의 무위 아래
천하제일검(天下第一劍)으로 우뚝 선 한 소년의 일대기!

장강의 수류는 대륙을 가로질러
이윽고 역사가 된다!

Book Publishing CHUNGEORAM